Tucholsky Wagner Zola Scott Sydow Freud Schlegel
Turgenev Wallace Fonatne
Twain Walther von der Vogelweide Fouqué Friedrich II. von Preußen
Weber Freiligrath Frey
Fechner Fichte Weiße Rose von Fallersleben Kant Ernst
Richthofen Frommel
Engels Fielding Hölderlin
Fehrs Faber Flaubert Eichendorff Tacitus Dumas
Maximilian I. von Habsburg Fock Eliasberg Zweig Ebner Eschenbach
Feuerbach Eliot
Ewald Vergil
Goethe Elisabeth von Österreich London
Mendelssohn Balzac Shakespeare
Lichtenberg Rathenau Dostojewski Ganghofer
Trackl Stevenson Doyle Gjellerup
Mommsen Tolstoi Hambruch
Thoma Lenz Hanrieder Droste-Hülshoff
Dach Verne von Arnim Hägele Hauff Humboldt
Reuter Rousseau Hagen Hauptmann
Karrillon Garschin Gautier
Damaschke Defoe Hebbel Baudelaire
Descartes Hegel Kussmaul Herder
Wolfram von Eschenbach Dickens Schopenhauer
Darwin Melville Rilke George
Bronner Grimm Jerome
Campe Horváth Aristoteles Bebel Proust
Bismarck Vigny Barlach Voltaire Federer Herodot
Gengenbach Heine
Storm Casanova Tersteegen Grillparzer Georgy
Chamberlain Lessing Langbein Gilm
Brentano Gryphius
Strachwitz Claudius Schiller Lafontaine
Kralik Iffland Sokrates
Katharina II. von Rußland Bellamy Schilling
Gerstäcker Raabe Gibbon Tschechow
Löns Hesse Hoffmann Gogol Wilde Vulpius
Luther Heym Hofmannsthal Gleim
Klee Hölty Morgenstern
Roth Heyse Klopstock Goedicke
Luxemburg Puschkin Homer Kleist
La Roche Horaz Mörike
Machiavelli Musil
Navarra Aurel Musset Kierkegaard Kraft Kraus
Lamprecht Kind Kirchhoff Hugo Moltke
Nestroy Marie de France
Laotse Ipsen Liebknecht
Nietzsche Nansen Ringelnatz
Marx Lassalle Gorki Klett
von Ossietzky Leibniz
May Irving
vom Stein Lawrence
Petalozzi Knigge
Platon Pückler Michelangelo Kock Kafka
Sachs Poe Liebermann
de Sade Praetorius Mistral Zetkin Korolenko

Der Verlag tredition aus Hamburg veröffentlicht in der Reihe **TREDITION CLASSICS** Werke aus mehr als zwei Jahrtausenden. Diese waren zu einem Großteil vergriffen oder nur noch antiquarisch erhältlich.

Symbolfigur für **TREDITION CLASSICS** ist Johannes Gutenberg (1400 — 1468), der Erfinder des Buchdrucks mit Metalllettern und der Druckerpresse.

Mit der Buchreihe **TREDITION CLASSICS** verfolgt tredition das Ziel, tausende Klassiker der Weltliteratur verschiedener Sprachen wieder als gedruckte Bücher aufzulegen – und das weltweit!

Die Buchreihe dient zur Bewahrung der Literatur und Förderung der Kultur. Sie trägt so dazu bei, dass viele tausend Werke nicht in Vergessenheit geraten.

Kleine Prosa

Odön von Horváth

Impressum

Autor: Ödön von Horváth
Umschlagkonzept: toepferschumann, Berlin

Verlag: tradition GmbH, Hamburg
ISBN: 978-3-8424-0614-8
Printed in Germany

Ziel der TREDITION CLASSICS ist es, tausende deutsch- und
fremdsprachige Klassiker wieder in Buchform verfügbar zu
machen. Die Werke wurden eingescannt und digitalisiert. Dadurch
können etwaige Fehler nicht komplett ausgeschlossen werden.
Unsere Kooperationspartner und wir von tredition versuchen, die
Werke bestmöglich zu bearbeiten. Sollten Sie trotzdem einen Fehler
finden, bitten wir diesen zu entschuldigen. Die Rechtschreibung der
Originalausgabe wurde unverändert übernommen. Daher können
sich hinsichtlich der Schreibweise Widersprüche zu der heutigen
Rechtschreibung ergeben.

Friedrich Antoine Piesecke (Zwickau)

Zwei Briefe aus Paris

I

Göttlich zu atmen Luft fremder Rasse! Denn irgendwie ist alles Fremde, jedwede Rasse und Luft geheimnisvoll und irgendwie peitscht dies auf. Ich spreche vollbewußt von »peitschen«, selbst wenn einige gefühlslogisch Eingestellte mich noch für so ehrbar halten, dem köstlichen Marquis de Sade zu huldigen – – – nein! fern aller kindlichen Einfalt wie auch bürgerlicher Beschwerden bewegen sich meine Gedanken: Seht ihr den Platz mit seinen plattgedrückten Barockkaminen über Gebäuden mit Brüsten zu rasch gewachsener Vierzehnjähriger, die aber bereits, gleich wissend alternden Frauen, rokokohaft ihre blassen Mundwinkel schürzen? Nach solchen Plätzen dürste ich. Hier enthaupteten zartbeknöchelte Königinnen wirrbehaarte Mönche, nur (!) weil sie die Art ihrer Liebesbeweise enttäuschte. Und heute ist es als hätten sich ein gewisser Teil jenes Herrscherinnenetwas irgendwie in den Frauen reinkarniert, die die Boulevards zu bewohnen scheinen. Denn nie wird man durch ihre ab und zu prickelnden Gebärden Herkunft aus den Quartiers der Lumpensammler fühlen, nur manchmal die Tradition rechtsstehender Kreise, was einer gewissen Pikanterie nicht entbehrt. Gestern nachts rief eine zu mir aus Seitenstraßen; die sah meiner längst entschlafenen Mutter überaus ähnlich – – – doch »halte!« Fort mit aller Sentimentalität! Selbst wenn unsere Seele zerfetzt im Schmerzsturm flattert, lasset uns lächeln, lächeln wie die Keuschheitsgürtel im Musée Cluny!

II

Ein alter deutscher Meister, der das Unglück genießt manchmal mit Oskar Wilde verwechselt zu werden (doch ich will nicht boshaft sein) sagte einst: eine pariser Kokotte mit einem Holzbein besitzt immer noch bedeutend mehr Charme als eine Berlinerin mit sämtlichen Gliedmaßen. Und er hatte das unbestreitbare Recht dies zu offenbaren, denn gebunden durch keinerlei unästhetisch gearteten Beziehungen zu drallen weiblichen Vorsprüngen, ist er ein überaus feinnerviger Erotiker – – – und nun erst verstehe ich voll seinen

Satz, gesprochen aus Dämmerungen sexueller Urerregtheit: »Wie harmonisch in ihrer Atonalität sind doch das Klappern eines niedlichen Holzfußes über das blutgeschwängerte pariser Pflaster und die lockend girrenden Töne, die in den gallischen Lauten ihre ganze Eindeutigkeit verneinen um zweideutig zu werden.« – – – Fürwahr!

Lachkrampf

Skizze

Die Geschichte, die ich hiemit mir erlaube Ihnen zu erzählen, ereignete sich in einem Tanzlokal. Nicht in einem jener Tanzpaläste, deren Straßenfassaden mit der lässigen Grausamkeit wohlhabender Ästheten über Nacht, Nässe und Schmutz lächeln. Es war auf einem jener Tanzböden, die sich nur »Palast« nennen, mehr aus Größenwahn, als aus Höflichkeit gegen ihre Gäste.

Diese Säle haben keine Sektnischen wie Seitenaltäre. Man trinkt Bier, und jeder, der eintritt und den klebrigen Samtvorhang zur Seite schiebt, überblickt sogleich den ganzen Raum; links, dort hinter der Säule am dritten Tische saß die Charlotte Mager mit Ulrich Stein. Woher ich die beiden kenne? Na, hören Sie! Das Mädchen saß doch zwo Jahre als Stenotypistin bei Buck et Co. Der rote Buck ging bekanntlich pleite und turnt heute als Agent durch die Treppenhäuser wie der Orang im Zoo. Die Mager saß dann bei ihrer verheirateten Schwester, einem knochigen langen Elend, mit Augen, als bekäme sie den Stockschnupfen nimmer los. Ob sie noch heute da wohnt? Ich glaube es kaum, da das schwägerliche Paar samt Bubi bloß ein möbliertes Zimmer mit Küchenbenützung – – – und der Ulrich Stein, den lernte ich vor Jahren auf dem Landsitz seiner verwitweten Mutter kennen. Einer herzensfeinen hochgebildeten alten Dame, die nach dem Tode ihres geliebten Gatten die Rolle der gefeierten Gesellschaftserscheinung ablegte und sich nur mehr der Ergänzung ihrer anerkannt herrlichen ostasiatischen Sammlung, die drei Zimmer füllt, widmete. So lebt sie nun still und bescheiden. Ulrich studiert Musik. Ob er sich einst Lorbeeren erdirigieren wird, fiel mir nicht auf. Sein Äußeres wirkt beruhigend wie ein vornehmes Treppenhaus, und als wohlerzogener junger Mann ist er nicht bar des sozialen Verständnisses. Ja, er beschwört sogar, alle Abendkleider zu hassen und nur einfache Mädchen, gewissermaßen aus dem Volke, zu lieben. Er vertritt nämlich die Auslegung, daß Liebe Mitleid sei. Aber zum zweiten Stelldichein kommt er nicht mehr, denn er lechzt nach immer neuen Erschütterungen. Eine echte Künstlernatur, hat er statt Gewissen nur formvollendete Ausreden. Das dem Schicksal nie entrinnen können und so.

Er hatte mit der Mager soeben zum drittenmale getanzt. Musikpause. Die zwei Lichtenberger Broadway-Boys samt »Stimmungskanone« Walterchen setzten sich an den Tisch neben den Toiletten und der Ober mit dem Chaplingang brachte ihnen den kontraktlich vereinbarten Tee mit Kuchen. Eine Blumenfrau hinkte von Gast zu Gast, der Ventilator surrte, drei Männer kamen gewichtig herein, wässerigen Schnee am Absatz. »Es schneit«, sagte Charlotte. Er kaufte ihr zwei Rosen. Sie lächelte: »Rosen im Winter! Man sollte in Betten voller Rosen liegen! Wenns nur wieder Sommer wär!« Das ist Kitsch, durchzuckte es unsern Ulrich, übelster Kitsch! Pfui, Dreiteufel! Und infolge seines unstreitbar vorhandenen ästhetischen Feingefühls, packte ihn die Wut über solch sentimentalen Dreck. Es war eine Wut aus Literatur, sozusagen. (Lachen Sie nicht! Sowas gibts!) Eine schamlose Wut, die mit apokalyptischem Hasse danach lechzt, jede arme Seele, die ihre Sehnsucht nicht stilvoll auszudrücken vermag, zu rädern. »Was für ein Bett?« höhnte er und bildete sich ein, hypnotisieren zu können. Im Augenblicke haßte Ulrich Stein die Stenotypistin Charlotte Mager. »Hören Sie! Von was für einem Bette reden Sie da?«

»Ein Bett, irgendein Bett –«

»Aha!« triumphierte er.

»Wollen wir nicht tanzen?« sie tat aus Unsicherheit über die ihr unerklärliche plötzliche Veränderung seines Benehmens gelangweilt, und dies steigerte seine Wut. Jetzt hätte er sie niedermetzeln wollen, doch stoppte er seinen Blutdurst noch im letzten Augenblicke ab, nicht aus Feigheit, sondern infolge der Erkenntnis, daß der Tod ja auch Erlösung bedeuten könnte. Als lyrisches Temperament war er nämlich zutiefst im Innern zweifelsohne metaphysisch orientiert und huldigte lediglich aus Schamgefühl und Eitelkeit der Psychoanalyse. »Das Bett«, stellte er fest und betonte feierlich jedes Wort »das Bett ist ein Symbol. Ein Symbol für das Bett. Verstehen Sie das?«

»Nein.«

»Nein?« fuhr er zischend empor und schien zu frohlocken. »Nein?« wiederholte er gedehnt und beugte sich langsam vor, daß sein Kinn fast das Tischtuch berührte: »Aufgepaßt!«

»Ach was! Die paar poetischen Worte!«

»Poetisch? Poetisch ist gut!« Und er erklärte ihr klipp und klar, daß ihre Äußerung in puncto Rosenbett und Jahreszeiten nicht nur nicht poetisch, sondern reiner Mist und von jedweder geschmacklichen Warte aus abzulehnen sei. Er bellte ihr die Begründung ins Antlitz und sprach neben Bewußtsein und Unterbewußtsein, auch über Libido und Primitivität, nebst Doppelsinn aller Worte, als hätte er den ganzen Freud in den Fingerspitzen.

Die Traumdeutung begriff sie nicht; sie verstand nur, daß sie sich wegen der Worte, auf die sie eigentlich stolz gewesen war, schämen sollte. Und es tat ihr plötzlich fast wohl, es einzusehen und sie dachte, ich kann doch nicht anders, ich empfinde eben so, und tat sich leid wegen ihrer paar poetischen Worte. Und die Worte selbst taten ihr leid, jedes einzelne, groß und klein – – es waren doch ihre Worte, und was will er denn überhaupt! Man weiß doch, daß man nichts kann, nichts ist, und, daß man auch niemals was werden kann. Also, was will denn nur dieser dumme Kerl mit dem Geschwätz!? Es ist ja zum lachen! Und nun geschah das, wovon alle Anwesenden noch tagelang sprachen. Die Mager zuckte zusammen und fing an ganz leise zu lachen. Zuerst stotternd wie ein Idiot. Doch plötzlich schnellte sie empor und lachte schrill, riß das Tuch vom Tische, zertrampelte kreischend Tassen, Gläser, Teller – – besessen wie nur eine Schwester Sankt Veiths. Warf sich zu Boden und wieherte, daß man das Zahnfleisch sah.

Eine halbe Stunde später sah man Ulrich Stein einsam und erlebnisschwanger durch Seitenstraßen streichen. Das Herz voll Leid, das Hirn voll kühner literarischer Pläne.

Die Versuchung

Am Abende jenes Tages, dessen Vormittag die Firmung zahlreicher weißgekleideter Jungfrauen durch überaus blauen Himmel nur noch erhebender überwölbte, nahte sich der einen aus jener unschuldigen Schar, namens Seraphine Hinterteil, zum erstenmal Satan – – – in Gestalt eines geilen Greises, der auf eine Krücke gestützt hinter ihr herhüstelte und lüstern also lispelte:

»Ach, hast du einen süßen Familiennamen – – –«

Seit diesem Tage waren nun Jahre vergangen – – – und erst in ihrem achtzehnten Lenze wuchs Seraphinens Neugierde zu jenem Mut, der ihr Zagen derart überwand, daß sie ohne Beben den Beichtvater frug, wie jener Spruch wohl zu deuten sei. Es dämmerte im Dome und der Pfaffe hinterm Gitter hob die Augen himmelwärts vom Hosenlatz und flüsterte errötend:

»Höre, du reine Magd: wohl kann keiner um seinen Familiennamen, wir erben den Samen der Sünde und tragen ihre erblühende, blühende, verblühende Frucht lebenlang, doch hüte dich! Der Duft, der uns umschmeichelt, wird höllischer Gestank, riechen wir außerehelich. Drum hebe die Nase hinweg von dem Nabel, aus dem diese böse Blume sprießt und lebe so engelsrein, wie dein Vorname klingt; und bete darum – – – Amen.«

Da betete Seraphine und wie sie so betete, wurde jener geile Greis immer schwächer und kränker. Und am siebenten Tage war er tot.

Und wieder waren viele Sommer und Winter vergangen. Aus der kleinen Seraphine wurde ein Fräulein Hinterteil und der Komet, der das vorigemal anläßlich ihrer Geburt durch die Erdnebel guckte, nahm nun, als er so einige Jahrzehnte später wiederkam, mit Erstaunen wahr, wie sehr sie gewachsen – – – denn dies war auch das einzige, was selbst einem solch geschlechtlosen Gestirn (und daher besonders scharfschauenden) auffallen konnte. Sie hatte sich zwar von den Knöcheln bis herauf zum Haar genau so entwickelt, wie all ihre Altersgenossinnen, jedoch die fremden Männer auf der Straße sahen es nicht, denn ihr Alles war zu ausdruckslos, wohl weil ihr Leben nie einen tieferen Eindruck empfing. Wie sollte sie auch? – – – hatte weder einen Bruder, der Freunde besaß, noch Geld, da ihr allzu bald entschlafener Vater nur ein wenig besuchter, aber umso frömmerer Zahnarzt gewesen – – – so wurde sie Lehrerin in dem gleichen christlichen Stift, das sie auf Freiplatz erzog; brachte vieltausend Kindern den Sinn bei von Punkt, Komma, Strich – – – und unterdessen schrieb sich ihr Leben ohne jegliches Komma. Geschweige denn Punkt.

So kam die Nacht nach dem Tage ihres dreiundvierzigsten Geburtstages. Da nahte sich ihr die Versuchung.

Sie hatte sich eben zu Bette begeben – – – da traten die galanten Geister der Hölle in ihr billig möbliertes Gemach.

Noch schnarchte nur die Finsternis, doch bald tropften an ihr Trommelfell sonderbare Töne: wie Brautnacht in einem uralten Bette, das krächzt, als wären die Daunen dürres Laub – – – und es liefen zwei Knaben in ihre Augen, im herbstlichen Walde die Notdurft verrichtend – – – wie es ihr einst beim Schulausfluge des Zufalls feiner Finger offenbarte.

Die beiden dürften ja jetzt schon fast Männer sein, und der eine war dunkel und der andere blond – – – das Brautbett hielt den Atem an – – – : so fühlte Seraphine zweier Stiftenköpfe Spitzen ihre schlaffen Brüste berühren – – – sie *fühlte*, was dunkel und was blond, und mit aufgerissenen Augen dachte sie nach, wie sich alles verändert – – –

an der Wand hing ein Bild: ein norddeutscher General, der nun plötzlich stramm die Hacken zusammenschlug und (wie auf höheren Befehl) sich zu entkleiden begann – – – scheu flog ein Lächeln um ihre Lippen – – – da zog er den Degen und schrie roh: »Was willst du Hinterteil?!«

Sie stöhnte und schloß die Augen – – –: langsam gebar die Dunkelheit ewige Fernen, aus denen bedächtig purpurne Kugeln hervorrollten, immer mehr und mehr – – – bis ein stummer Sturm sie durcheinander wirbelte und aufhob in eine Fläche – – – als stände die Sonne dicht hinter ihren Lidern, wie eine Woge Blut – – – die zu einem Vorhang erstarrt sich alsbald auseinanderfaltete und einen Jüngling hervortreten ließ, der nur mit einer goldenen Schärpe geschmückt sich verbeugte und frug, was Königin Seraphine wünsche – – –

Ihre Kniee zuckten und schlugen fiebernd aneinander: noch zweimal zerbrach fast der zarte Junge seinen Rumpf vor ihr, doch diesmal nach rückwärts – – – bis, sich wieder erhebend, Staub auf seiner Stirne stand. Sie warf sich auf den Bauch und preßte ihr Antlitz in das kaltfeuchte Kissen, droben am Dache sang ein Kater und tief vom höllischen Meere umbraust erzeugte sich selbst ein Ungeheuer – – –: halb Mann, halb Stier – – – und das stürzte auf den höflichen Jüngling, biß ihm die Seele aus der bescheidenen Brust und schleuderte ihn ins – – – All!

denn da erst sah sie, daß beide auf einer Kugel gestanden, die sich schier unfaßbar schnell drehte, und sie erkannte auf ihr die verschlungenen Linien der Weltteile.

China, Paris, Amazonas – – – doch der Stiermann zwang den Globus zum Stehen. Mit geschwollenen Adern stierte er brünstig sie an – – – und plötzlich waren es zwei Globusse, als er nun schäumend nach ihrem Schoße sprang – – – sie wehrte sich, wand sich – – – aber des Ungeheuers stämmige Hörner schlitzten gar unbarmherzig ihre Innenschenkel auf: heiß rieselte ihr Blut und wurde zur Wolke gesotten vom Schweiß auf seinem breiten, behaarten Rücken – – – ihr Gesicht, wie aus Flammen geballt, drang durch den Dunst an das Fußende: dort röhrte ein rosa Elefant und reckte den Rüssel und alle Ecken öffneten sich und spien ganze Klassen magerer Mädchen aus, die mit Zuckerfeigen um seine Gunst buhlten. Rings aus den Schubladen sahen blauäugige Knaben traurig zu – – – da stampfte ein Pferdehuf in ihr Kreuz, da hob sich ihr Hintern, sie spreizte die Zehen und knirschte keuchend mit den Zähnen und winselte dann – – – Da schritt Herr Satan über ihren Leib – – – – – –

Und vom nächsten Tage ab hatte sie bei den Kindern in der Schule den Spitznamen: die Hexe.

Großmütterleins Tod

Die Frau des Hannes Moser war ihrem Manne davongelaufen. Sie hatte den Tag über nichts gesprochen und war am Abend verschwunden. Man sah sie noch am Bahnhof stehen und auf den Zug warten, der in die Stadt fuhr. Das war das einzige, was Hannes erfahren konnte.

Sie war ihm davongelaufen, nicht weil er sich in eine andere verguckt hatte, und auch nicht weil sie sich in einen anderen verguckt hatte. Er war auch kein Spieler, ein solider Mann – wie man so sagt. Sie hatte ihr kleines Kind zurückgelassen und war davon. Halb besinnungslos. Sie war eine Frau, bleich und abgemagert, mit fettigem Haar und säuerlichem Geruche. Aber sie hatte schöne große dunkle Augen, voll Scheu. Und dann blickte sie immer drein, als fühlte sie sich zurückgesetzt, als dächte sie immer, Gott, mein lieber Gott, ich lebe ja doch auf der Schattenseite des Lebens. Aber sie hatte nicht den Mut, die Konsequenzen zu ziehen – ihr mangelte der Mut, weil sie ihre Erkenntnis nicht klar formulieren konnte.

Daß sie nun weg war, den Grund hierzu, gab Großmütterlein. Großmütterlein genannt, seit das Kind zwar noch nicht da, aber unterwegs war, war die Mutter ihres Mannes. Die Alte wohnte bei den beiden Jungen und hatte die stärkste Vitalität. Trotz ihrer 70 Jahre gab sie den Ton an; sie herrschte; nicht schreiend, nicht befehlend, aber ewige Rücksicht fordernd und aus Wut, daß man ihr die Rücksicht erweise, voll Bosheit und verärgert. Sie konnte den Gedanken nicht ertragen, daß man ihr etwas schenkte. Sie sog das Blut der jungen Leute, sog ihre ganze Kraft in sich. Dabei lief sie in die Kirche am Sonntag, schimpfte aber auf den Pfarrer. Konnte sich mit niemandem vertragen.

Oh, Großmütterlein konnte aber auch so friedlich aussehen! Alle, die nicht näher hinsahen, lobten sie. Wenn sie so an einem Tage, an einem warmen Spätherbsttage in dem Garten des Häuschens saß, auf einer Bank und strickte – ab und zu nachsann, in die Ferne blickte – in einem Buche las. Und, wenn sie zwischen den Seiten eine Rose fand, wie die Großmutter in Andersens Märchen, so dachte sie auch darüber nach – aber sie bekam eine Wut, einen Haß auf das Leben, weil es verging. Sie haßte das Leben, die Jugend, sie sah in ihnen ihren Tod, und ihr Lächeln voll Nachsicht und Güte, war aus Schwäche. Ihre Güte war verlogen, ihr Haß echt!

In der Frau ihres Sohnes sah sie die Rivalin, das Weib. Sie ekelte sich vor ihrer Fraulichkeit, vor ihren Brüsten, vor ihrer Jugend! Sie hatte einen Haß auf die beiden Betten. Einmal waren die zwei abends fortgegangen, da saß sie allein im Zimmer. Sie humpelte umher und trat auch in das Schlafzimmer ein. Sie stand in der Türe und ihr Gesichtsausdruck war so entsetzlich verzerrt, so entstellt, daß sie einer Furie glich. Sie ging drinnen auf und ab, und hegte die finstersten Gedanken. Dort stand das Bett, ihr Bett – in diesem Bette ist sie einst gelegen, sie kennt ja noch das ganze Zimmer, die Bilder und alles – aber jetzt muß sie in der Kammer hinten wohnen und dort an ihrem Bette liegt das Nachthemd der jungen Frau. Dort wäscht sie sich, dort liegt ihre Zahnbürste, im Schranke ist ihre Wäsche. Ihr Duft liegt im Zimmer – und wo blieb sie. In der Kammer!

Es war alles vergangen, alles verflossen – und die Alte schnaubte Rache gegen die Jungen.

Als die beiden nach Hause kamen fühlten sie, daß jemand in ihrem Zimmer war, sie fühlten die feindselige Luft, die dunklen Gedanken, aber keiner wagte ein Wort zu sagen, weil sie wußten, wer hier war. Ihre gute Laune war vorbei – schweigend zogen sie sich aus.

Plötzlich setzte sich die Frau an den Bettrand und fing an leise zu weinen. Er horchte auf, er wußte genau Bescheid. Unschlüssig, unsicher, zog er sich aus. Er sah den gekrümmten Rücken seiner Frau.

»Warum weinst du denn? Was hast du denn schon wieder?« frug er.

»Ich halte das nicht mehr länger aus –«

»Was nicht mehr länger?« herrschte er sie an. Und er machte seiner Wut auf die Mutter Luft, indem er sie auf seiner Frau ausließ. Und es tat ihm wohl, das tun zu können. – »Halte doch endlich dein Maul! Ich weiß, was dahintersteckt, es ist nur der Haß auf meine Mutter! Hetze nicht mehr gegen sie! Es verfängt bei mir nicht! Wer meine Mutter angreift, greift mich an!«

Die Großmutter saß aufrecht in ihrem Bette und freute sich satanisch über den Krach. Sie horchte die Wände durch. - Lange war es schon still geworden, noch saß sie aufrecht und horchte. Und freute sich.

Die Frau lag still weinend, und der Mann dachte nach, wie er das Geld herschaffen muß für die zwei Weiber! Plötzlich fiel ihm das auf und er sah klar einen Zusammenhang.

Er haßte nur die Alte und wollte sich seiner Frau nähern. Diese wehrte ab, worauf er sie kniff, daß sie einen blauen Fleck bekam. Er biß sich dabei so auf die Lippen, daß das Blut kam. Die Frau stöhnte leise auf und weinte weiter.

Am nächsten Tage ging die junge Frau fort und kam nicht wieder. Man wartete mit dem Essen auf sie und die Alte meinte, wo sie sich nur wieder herumtriebe, und, daß man zu ihrer Zeit bedeutend pünktlicher gewesen sei, und überhaupt, was streune sie in der Nacht umher - doch er gab keine Antwort. Und das war ihr unheimlich. Sie fühlte sich unsicher und ärgerte sich, ihn nicht ärgern zu können. Bin ich ihm so gleichgültig geworden? - dachte sie eifersüchtig.

Die Frau kam nicht wieder und Hannes erfuhr, daß sie in die Stadt gefahren war, wahrscheinlich zu ihrer Schwester. Er ging an die Bahn - die Alte sagte: »Ich fahre mit.« »Gut!« sagte er. Der Alten wurde es unheimlich zumut, sie dachte ja gar nicht daran zu fahren, es war nur eine kindische Bosheit. Aber er erriet ihren Gedanken, daß sie am liebsten zu Hause bleiben möchte und er erklärte nun sicher und unwiderstehlich, ohne Widerspruch duldend: »Du fährst mit! Der nächste Zug geht in einer Stunde!« -

Eine Stunde später saß Hannes und Großmütterlein auf dem Bahnhof. So im Freien sah die Alte viel älter aus, kleiner, verhutzelter, wie ein Zwerg. Sie saßen auf einer Bank neben dem Bahnhof. Es war eine laue Sommernacht und in der Ferne ging der Wind. Man konnte die Sterne sehen, aber der halbe Himmel war tiefschwarz. Dort waren Wolken. Und ab und zu strich ein kleiner Wind über den Bahnsteig. Die Alte in ihrem Kapotthütchen, saß da wie ein maskiertes Kind. Sie betrachtete voll Neugier eine Gruppe Kinder, die mit einem Hunde spielten und es sah aus, als wollte sie fast mitspielen. Sie blickte voll Ehrfurcht auf die Uniform des Bahnbeamten, auf die vielen Ziffern und Signale, die sie nicht enträtseln konnte. Sie ging wenig aus in der letzten Zeit.

Der Zug hatte eine halbe Stunde Verspätung. Hannes saß mit gesenktem Kopf da und stierte auf die Risse in dem Boden.

»Es zieht«, sagte plötzlich die Alte. Er gab keine Antwort. »Es zieht«, wiederholte sie, »es fröstelt mich. Setzen wir uns doch anderswohin.«

»Überall ziehts«, antwortete er.

»Aber hier ist es mir zu windig«, keifte sie, »willst du denn, daß ich eine Lungenentzündung bekomme, daß ich mir den Tod hole?! Den Tod!!«

Er blickte auf und ihre Augen trafen sich. Den Tod, dachte er. Ja, den Tod! Mir solls recht sein! Das beste wäre es! Du hast kein Recht mehr! Du hast deine Rolle ausgespielt und müßtest schon längst abtreten! Sie erschrak vor seinem Blicke. »Es zieht«, wiederholte sie und es lag etwas unendlich Wehmütiges in ihrer Stimme. Diesen Blick hatte sie bei Hannes noch nicht gesehen, so hatte er sie noch nie angesehen. – In ihrer Stimme lag ein Bitten. Es sprach die Frau aus ihr, die zurückgesetzte Frau.

Er blieb sitzen.

Sie aber stand plötzlich auf, doch er faßte sie am Handgelenk und drückte sie nieder. »Bleib. Es zieht ja nicht!« Ein Windstoß strich an ihr vorüber, ein Fenster klirrte in der Nähe.

Sie betrachtete ihn von der Seite. Er hat sich nicht viel verändert – so im Profil. Sie nahm Abschied. Plötzlich wurde es ihr klar, wie einer Sterbenden. Was steht sie auch noch da herum und hemmt die Lebenden? Sie sah ihren Sohn, wie er noch ganz klein war. Ein Signal läutete. »Jetzt muß er bald kommen, der Zug«, sagte er plötzlich leise.

»Ja, jetzt muß er bald kommen –«

»Es zieht hier wirklich«, sagte er, »komm, Mutter! Setzen wir uns anderswohin!«

»Nein. Ich bleibe hier. Es zieht gar nicht, mein Sohn. Es zieht nicht mehr. – Und dann will ich auch nicht in die Stadt fahren. Hol du dir deine Frau allein. Ich will da nicht dabei sein. Laß mich hier noch etwas sitzen, bevor ich umkehre –«

Der Zug fuhr ein.

»Leb wohl, Mutter!« sagte er.

»Leb wohl!«

Sie blieb auf dem Bänkchen sitzen. Der Wind wehte scharf. Der Zug fuhr ab. Sie sah den beiden roten Lichtern noch nach. Dann saß sie still allein. Sie hatte ihm noch nachgewinkt.

Die Lichter am Bahnhof gingen aus.

Die Großmutter ist tot. Sie war nur kurze Zeit krank gewesen, hatte sich erkältet und eine Lungenentzündung war hinzugetreten. Der Hannes hatte sein Weib aus der Stadt zurückgebracht, und nun lebten sie zusammen.

Allmählich wich auch der Schatten der Großmutter aus dem Hause, und als das Kind geboren war, da war von der Großmutter nichts mehr übrig, als das Holzkreuz und die Erinnerung.

Eine gleichgültige Trauer.

Man hat ihren Tod nicht betrauert, weil sie alt war.

Geschichte einer kleinen Liebe

Still wirds im Herbst, unheimlich still.

Es ist alles beim alten geblieben, nichts scheint sich verändert zu haben. Weder das Moor noch das Ackerland, weder die Tannen dort auf den Hügeln noch der See. Nichts. Nur, daß der Sommer vorbei. Ende Oktober. Und bereits spät am Nachmittag.

In der Ferne heult ein Hund und die Erde duftet nach aufgeweichtem Laub. Es hat lange geregnet während der letzten Wochen, nun wird es bald schneien. Fort ist die Sonne und die Dämmerung schlürft über den harten Boden, es raschelt in den Stoppeln, als schliche wer umher. Und mit den Nebeln kommt die Vergangenheit. Ich sehe Euch wieder, Ihr Berge, Bäume, Straßen – wir sehen uns alle wieder!

Auch wir zwei, du und ich. Dein helles Sommerkleidchen strahlt in der Sonne fröhlich und übermütig, als hättest du nichts darunter an. Die Saat wogt, die Erde atmet. Und schwül wars, erinnerst du dich? Die Luft summte, wie ein Heer unsichtbarer Insekten. Im Westen drohte ein Wetter und wir weit vom Dorfe auf schmalen Steig, quer durch das Korn, du vor mir – – Doch, was geht das Euch an?! Jawohl, Euch, liebe Leser! Warum soll ich das erzählen? Tut doch nicht so! Wie könnte es Euch denn interessieren, ob zwei Menschen im Kornfeld verschwanden! Und dann gehts Euch auch gar nichts an! Ihr habt andere Sorgen, als Euch um fremde Liebe – und dann war es ja überhaupt keine Liebe! Der Tatbestand war einfach der, daß ich jene junge Frau begehrte, besitzen wollte. Irgendwelche »seelische« Bande habe ich dabei weiß Gott nicht verspürt! Und sie? Nun, sie scheint so etwas, wie Vertrauen zu mir gefaßt zu haben. Sie erzählte mir viele Geschichten, bunte und graue, aus Büro, Kino und Kindheit, und was es eben dergleichen in jedem Leben noch gibt. Aber all das langweilte mich und ich habe des öfteren gewünscht, sie wäre taubstumm. Ich war ein verrohter Bursche, eitel auf schurkische Leere.

Einmal blieb sie ruckartig stehen:

»Du«, und ihre Stimme klang scheu und verwundet. »Warum läßt du mich denn nicht in Ruh? Du liebst mich doch nicht, und es gibt ja so viele schönere Frauen.«

»Du gefällst mir eben«, antwortete ich und meine Gemeinheit gefiel mir überallemaßen. Wie gerne hätte ich diese Worte noch einigemale wiederholt!

Sie senkte das Haupt. Ich tat gelangweilt, kniff ein Auge etwas zu und betrachtete die Form ihres Kopfes. Ihre Haare waren braun, ein ganz gewöhnliches Braun. Sie trug es in die Stirne gekämmt, so wie sie es den berühmten Weibern abgeguckt hatte, die für Friseure Reklame trommeln. Ja, freilich gibt es Frauen, die bedeutend schöneres Haar haben und auch sonst – Aber ach was! Es ist doch immer dasselbe! Ob das Haar dunkler oder heller, Stirn frei oder nicht –

»Du bist ein armer Teufel«, sagte sie plötzlich wie zu sich selbst. Sah mich groß an und gab mir einen leisen Kuß. Und ging. Die Schultern etwas hochgezogen, das Kleid verknüllt –

Ich lief ihr nach, so zehn Schritte, und hielt.

Machte kehrt und sah mich nicht mehr um.

Zehn Schritte lang lebte unsere Liebe, flammte auf, um sogleich wieder zu verlöschen. Es war keine Liebe bis über das Grab, wie etwa Romeo und Julia. Nur zehn Schritte. Aber in jenem Augenblick leuchtete die kleine Liebe, innig und geläutert, in märchenhafter Pracht.

Der Tod aus Tradition

Eine Legende aus den nördlichen Kalkalpen

In der Haupt- und Residenzstadt einer mitteleuropäischen Republik, die südwärts an harmlose Schlawiner, dagegen im Norden leider an umso gewalttätigere Piraten grenzt, lebte noch 1925 ein biederer aufrechter Mann, voll Gottesfurcht und Ahnenkult, namens Franz Xaver Loibl. Hausbesitzer, Familienvater und Ehrenmitglied des Männergesangvereins »Athen-Ost«, war er von Mutter Natur mit jener oft gerühmten behäbigen derben Heiterkeit begnadet und bis zum Abschluß der allzu großen Zeit zu allen barocken Späßen immer bereit gewesen, aber seit die Juden samt ihren Knechten vor einigen Jahren den Landesvater vertrieben und die Republik proklamiert hatten, hatte ihn niemand mehr lachen gesehen, höchstens lächeln, hämisch und sardonisch. Das Herz voll Bitternis und Bier suchte er die Einsamkeit und fand sie an einem verödeten Stammtisch. Er kegelte nicht mehr, noch sang er oder spielte Tarock. Witterte überall Republikaner und hatte schwarzrotgoldene Angstträume.

So träumte er einst, er fahre von Salzburg gen Berchtesgaden. Ostern wars, noch roch es nach Schnee trotz der hellgrünen Matten. Und da er an den Königsee kam, stand er plötzlich unter tausend und abertausend Menschen, lauter Landsleuten in sonntäglichem Gewand. Aber wie er sich so umsah, schienen sie ihm seltsam verändert, und wie er nochmals hinsah, bemerkte er bestürzt eine entsetzliche Wandlung: die Lederhosen reichten ihnen bis an die Knöchel, so waren sie zusammengeschrumpft, und alle hatten schwarzes geschneckeltes Haar, Locken an den Schläfen und Plattfuß. Und die Sennerinnen hießen Sara und Rebekka, Lea, Ruth und Sabinerl! Und dann hielt ein engbrüstiger Intellektueller eine Rede in peinlich nordischer Mundart (alles schrie begeistert »hoch!«) und er sagte, er sei schnurstracks von Tarnopol (»hoch!«) hierhergeeilt um den weihevollen Akt der Umtaufe des Königsees in »See der Republik« zu vollziehen. Und wieder widerhallte brausend vieltausendstimmiges Hoch! von den Felsen ringsum, und wie unser Loibl auf den Kalender sah, da wars der erste Mai. Und die Ziffer war rot. Und Schabbes obendrein. Da schlug er mit dem Mute der Verzweiflung blindlings um sich und – erwachte.

Aufatmend konstatierte er, daß man doch noch nicht so weit sei und, daß er schwitze wie eine mannbare Sau. Besorgt saß Maria, die andere Hälfte seiner fünfundzwanzigjährigen Ehe und Mutter seiner Tochter Therese, in ihrem Bette und frug, was er denn nur schon wieder für Ungereimtheiten geträumt hätte, und ob er denke, jede Nacht so zu winseln und zu schnauben wie ein krankes Roß. Und legte ihm nahe, in Zukunft vor dem Einschlafen immer etwas zu lesen, irgendetwas, das einen entrückt oder entzückt, dann träume man auch davon. Sie, zum Beispiel, lese die Romane in den Neuesten Nachrichten, dann träume sie überhaupt nichts. Ja, er solle, nein! er *müsse* nun fortab lesen – man schwitze dann auch nicht gleich einer Tobsau, und seufze nicht wie ein Hirsch und belästige sein Weib, indem daß die Bettstatt kracht, wie ein Maschinengewehr, und man als gläubige Christin schon gleich zum Pfarrer rasen möchte, von wegen der letzten Ölung, indem daß man nie nichts wissen könne.

Unter der Wucht ihrer Rhetorik brach er zusammen. Erschlafft und zermürbt von seinen apokalyptischen Visionen hatte er keine Kraft ihre Beweisführung zu widerlegen. Seine rehhafte Scheu vor dem gedruckten Worte schwand, und noch am gleichen Vormittage betrat er tapfer eine Buchhandlung. Der Entschluß, die Schwelle eines solchen »Ausschanks« zu überschreiten, fiel ihm wahrlich nicht leicht. Drinnen, zwischen Goethe und Kant, dünkte ihm alles fremd, so irgendwie nicht bodenständig, fast ausländisch. Nur nicht lange diese Luft atmen, durchzuckte es ihn, und er äußerte hastig seinen Wunsch, ein Buch oder dergleichen über die gute alte Zeit kaufen zu wollen. Mit einem »Sittenbrevier aus ehernen Zeitaltern ungebeugten Germanentums« gesammelt von einem, der es wissen muß, verließ er den Laden, um drei Mark ärmer – sechs Maß, rechnete er.

Die Nacht kam und mit mürrischem Mißtrauen blätterte Loibl in seiner Bibliothek. Löschte dann das Licht aus, rülpste und schlief ein. Und sieh da! Er träumte von lauter Zinnsoldaten und Dekolletes à la Luise. Was er von den Zinnsoldaten träumte, kann nicht mitgeteilt werden, um nicht mit dem Gesetze gegen Verrat militärischer Geheimnisse in Konflikt zu geraten, und auch nicht was er von den Dekolletes träumte, um nicht gegen Schmutz und Schund zu sündigen – kurzum: als er am Morgen erwachte, lächelte er wie ein gestillter Säugling, und fühlte sich durch frische Hoffnung gebläht. – –

Nach vierzehn Tagen hielt er auf Seite elf und kam zu Kapitel vier mit der seltsamen Überschrift: ius primae noctis. Infolge seiner radikalen Ablehnung aller Fremdwörter wollte er es kurzerhand überblättern, doch da sprang ihm der Untertitel in die Augen, der lautete: Das Recht auf die erste Nacht. Was wäre denn jetzo nur dieses? dachte er und las. Las und las. Zuerst, wie üblich, verstand er nicht, was er las, dann, als er es begriffen hatte, glaubte er es seien lauter Druckfehler und fing wieder von vorne an, buchstabierte jedes Wort, bis er Absatz für Absatz auswendig hersagen konnte wie ein Suppenschüler seine Hausaufgabe. Längst schon schnarchte seine Zeltgenossin, doch ihn mied jede Müdigkeit. Ungewöhnlich rege sprangen durch sein Hirn Gedanken, Bilder, Akkorde, wie tolle Zirkuspferde. Und plötzlich schoß aus dem Chaos seiner Phantasien ein ungeheurer Plan, fuhr blitzartig durch sein ganzes Sein, daß er schier erzitterte: er bringt seinem Herrscher sein Kind dar, sein Fleisch sein Blut, die Theres! Der Landesvater, und nur er, trotz Republik und Erfüllungspolitik, hat das Recht auf die erste Nacht! Erst durch die Weihe des Gottbegnadeten wird der Mensch zum Mensch!

Oh, der Herr soll es fühlen, daß es noch Männer gibt in seinem Lande, Männer, die treu an der Tradition hängen, er soll es spüren, daß die Verehrung der Sitten der Vorfahren noch lange nicht zur hohlen Phrase geworden ist – er, Franz Xaver Loibl wird es beweisen!

Und hoch klang das Lied vom treuen Mann, wie Trommelfeuer bei Maßkrugklang! – doch am folgenden Morgen meinte seine Frau, was denn nicht noch. Und fernerhin meinte sie auch, es scheine ihr fast, daß er spinne, und außerdem sei dieser Plan eine Unkeuschheit und sicher nur bei den Norddeutschen so gewesen und niemals nicht bei uns. Und er sagte, er spinne gar nie nicht und sie sei auch schon solch eine verdorbene Neuerin, verweichlicht und ohne Schmalz, und sie solle doch sogleich nach einem bestimmten ehemaligen Künstlerviertel ziehen und Rhythmus tanzen. Und sie sagte, unter keinen Umständen tanzt sie nicht Rhythmus, und er aber sagte, sie werde schon sehen, wie sie Rhythmus tanzen werde und rief: »Therese!«

Aber da schrie die Frau, sie rufe den Arzt, und er sagte: nur zu! Es sei ihm bereits bekannt, daß der verrückt sei, der treu an der großen Vergangenheit hänge. Und wieder rief er nach seinem Kinde.

Es kam. Und der es da erzeugte sprach: »Ich weiß, daß du ein braves Mädchen bist, und obwohl du an Starkbierfesten gar mannigfach in den Hintern gezwickt worden warst, bist du dennoch unberührt, eine Jungfrau, auf und nieder. So ziehe denn hin zum Landesvater und reiche ihm all dein Unerwecktes, auf daß er es wecken möge. So will es das Gesetz.« Und er wollte sein Kind segnen.

Doch es wehrte ab:

»Du irrst, oh Vater! Oh, du irrst!«

»Wieso nachher?«

»Indem, daß ich mein Herz in Heidelberg verloren hab.«

»Ha?!«

»In einer lauen Sommernacht.«

»Verloren?« zischte er wie der Held einer Pubertätstragödie. »Verloren?! Oh, über dich Fetzen! Kein anständiges Bürgermädchen verliert so etwas nicht!«

»Vater spinntisieret wohl?« frug die Tochter ihre Mutter; jene nickte nur: und ob! Hierauf wandte sie sich wieder ihrem Vater zu und bat um Beantwortung folgender Fragen: ob er wohl ihre Entwicklungsjahre über schlafen hätte, da er ihr solch unhygienischen Lebenswandel zutraue, und ob er außerdem nicht denke, daß der Landesvater denn doch schon etwas gebrechlich wäre, und ob er denn überhaupt nicht wüßte, daß es ja gar keinen Landesvater nicht mehr gäbe, und ob er also vielleicht den Landtagspräsidenten gemeint hätte – – – Aber Loibl würdigte sie keiner Antwort. Er lachte nur ab und zu grimmig wie ein dem Grabe entstiegener Hoftheaterschauspieler. –

Seit dieser Szene traute er keiner Seele mehr. Und er hub an den Tag und die Sonne zu hassen. Er verfluchte das Licht als den Zerstörer seiner Sehnsucht.

Der Schlaf, immer schon einer seiner liebsten Beschäftigungen, wurde ihm zur Leidenschaft. Nach vierzehn Tagen schlief er bereits ab nachmittags.

Und so träumte er nun täglich sechzehn bis achtzehn Stunden lang von Hörigkeit und Gottesgericht, Ketzern am Scheiterhaufen, Hexenprozessen und Judenblut, und wenigstens die Finsternis gehörte der Vergangenheit.

Nach weiteren vierzehn Tagen schlief er bereits Tag und Nacht, und erwachte nur zur Brotzeit. Aber nach abermals zwei Wochen wachte er überhaupt nicht mehr auf.

Mit den Flügeln des Schlafes war er in eine Monarchie geflogen, in der alles so geblieben war wie am ersten Tag. Nun frohlockt er in jenen Gefilden, allwo alles Tradition ist. Die Tradition der Ewigkeit.

Amazonas

Eine romantische Novelle

Die christliche Welt schrieb das Jahr 1544, als der Seefahrer Orellana mit den Seinen, fern von Portugal, den Para-Fluß überquerte. Dort kam ihm die Kunde aus dem Norden von einem gigantischen Strome, der scheinbar ohne Ursprung breit und tief wie das ferne Meer, und den die Indianer »Amassona« nannten (welches Wort in ihrer Sprache »Bootzerstörer« bedeutet). Aber Orellana deutete falsch und glaubte durch Zufalls Gnade endlich vor den Toren jenes sagenhaften langegesuchten Reiches der kriegerischen Weiber zu sein und taufte das Riesenwasser »Rio des Amazonas«.

So berichtet die Geschichte.

Und nur ein einziges Schreiberlein erwähnt so nebenbei als Randbemerkung, daß in der folgenden Nacht, nachdem die Zahl der Wachen um das Lager verdoppelt worden war, Orellana zweie seiner tapfersten Mannen, und zwar den jungen Offizier Señor Manuelo de los Cascados und dessen holländischen Knappen, einen ergrauten Landsknecht namens Ludewig gen Nordwesten sandte, die nicht mehr zurückkehrten – – –

selbst da die Lagerfeuer schon im Sterben lagen und durch den nahen Urwald schüchtern und rosagrau des neuen Tages erstes Atmen flog. Fröstelnd und bleich trat Orellana aus schlafloser Nacht, in der er die Ewigkeit gähnen sah, vor sein schwarzes Zelt; und als es rot am Horizonte ward, da zog er aus um die beiden Freunde, von denen er hoffte, daß sie sich doch nur verirrt hätten, wiederzufinden. Vergebens. Und als wieder eine Nacht vorbei, ließ er den Priester die Totenmesse lesen – – – denn nun schwor er jeden Eid, daß die Zwei von den Amazonen niedergemetzelt worden waren.

So berichtet das Schreiberlein.

Und fügt naseweis und wichtigtuend sogleich noch hinzu, daß die Verschollenen unter gar keinen Umständen von »sogenannten Amazonen« getötet werden konnten, da ja »ein Volk von Weibern ohne Männer einfach undenkbar« und deshalb wohl »nie ein solches gab und auch nie geben wird. Daher seien die Zwei wahrscheinlich der Riesenaffen Opfer geworden.«

Jedoch ich sprach einmal in eines kleinen Bahnhofes Wartesaal jemanden (es war ein trüber Novembernachmittag) der weder die Ansicht Orellanas noch die des Schreiberleins teilte, sondern fest behauptete, daß der Señor und Ludewig tatsächlich in das Reich der Amazonen gelangt seien; und erzählte mir unaufgefordert all ihre wunderlichen Abenteuer, wie er sie einst von einem alten Eingeborenen am Oberen Amazonas hörte, der sie wieder von seinem Großvater hörte - - - - - und, wenn sich auch vieles in puncto Wahrheit nicht gerade genau nachprüfen läßt, so bleibt dies doch eine eigenartige Geschichte und ich hoffe, ja ich glaube sogar, niemanden zu belästigen, wenn ich mir erlaube, sie hier wieder zu erzählen, so, wie ich sie von dem Unbekannten vernahm, dem ich einmal begegnet bin.

Es war eine helle Nacht, da die beiden Männer die ihren verließen. Wenige Worte waren der Abschied gewesen, dann sprangen ihre Mähren über den weichen Moorboden und nur einmal noch wandte sich der Señor im Sattel um: Orellana hob stumm die Hand - - - dann waren die Reiter verschwunden.

Und vorbei am letzten Posten rasten sie bereits; selbst Ludewig, dessen schwerer Schecke doch niemals Schritt hielt mit Manuelos Rappen, hörte nur mehr den halben Ruf der Wache - - - die andere Hälfte flog an den kärglichen Resten seiner linken Ohrmuschel entlang über die kleine Steppe und rief sich selbst zurück aus dem Wald: als wär sie ein Schalk gewesen.

Doch da der Señor jene Stelle erreichte, war sie verklungen. Unheimlich still, wie ein Heer schlummernder Riesen, umstand sie der Wald und langsam durch tückische Ranken zwangen die Zwei ihre Rosse zwischen die uralten Stämme, die mit unzählbaren Ästen die Sterne vom Himmel zu schaben schienen.

So schwand Stunde um Stunde und noch immer ritt zu ihrer Seite das Schweigen. Nur einmal riß der Señor sein Pferd zum Stand und spähte fast ohne zu atmen nach einem nahen Sumpfe - - - dort drüben in dem Dunste hatt er einen Schatten mit Speer zerfließen sehen, doch - - - »nichts!« knurrte Ludewigs Knebelbart und indem er sein Tier wieder weiter trieb, gab er kund, wie sehr er alle Weiber

verwünschte – – – da schnaubte der Rappe und auch des Hollän-
ders Schecke bäumte sich hurtig hochauf.

»Hölle!« zischte der Landsknecht und folgte ungewollt seinem
Herrn, der flugs aus den Bügeln zu Boden gesprungen war.

Da standen sie nun am Rande einer Lichtung und starrten auf einen Baum, dessen Krone sich mächtiger wölbte, wie die Kuppel
Sankt Peters zu Rom, und von dessen dunklen Holze der Nacht-
schein eine weiße kopfabwärts gehenkte Gestalt fast durchsichtig
abhob.

Es war dies die Leiche eines nackten, gefesselten Jünglings, der,
nachdem ihm des kleinen Gottes Werkzeug an der Wurzel abgebis-
sen worden war, an den Knöcheln erhenkt verbluten mußte.

Bleich vor Grausen wandte sich Manuelo von dem geronnenen
Blute, dessen Spur über den Nabel in den Mund floß; und Ludewig
spuckte bombastisch aus und verdammte alle Weiber in jenes Land,
in dem der Mannsleut Glieder Fischschuppen zieren.

Theodors Tod

Der »Fall Theodor« ist ein Schulbeispiel für den tragischen Kampf des Fleisches wider den Geist, ist die Geschichte des durch politischen Fanatismus gehemmten Geschlechtslebens. Theodors Fleisch war willig, aber der Geist war schwach.

Wesen und Ziel seiner Politik, für die er sich des öfteren tollkühn und rücksichtslos einsetzte, konnte allerdings noch niemand enträtseln, da er immer eine eigene Meinung hatte, nicht aus Überschätzung seiner Persönlichkeit, sondern aus Demut vor ihr. Er war Führer und Trommler, Masse und Sturmtrupp, alles in einer Brust, und hielt jedes Jahr mit sich selbst Parteitag, leider unter Ausschluß der Öffentlichkeit. So steht also nur fest, daß er alle Parteien, Fahnen, Vereinsabzeichen, sowie Thron und Altar, Republik und Mussolini, Locarno und Komintern mit einem Hasse verfolgte, der selbst einen Großinquisitor sicher ans Reichsgericht befördert hätte.

Dieser sein infernalischer Haß raubte ihm aber die Manneskraft, bereits in den besten Jahren. Er brach seinen Trieb, wie der Tod Augen bricht.

So saß er eines Abends mit Klara im Kino und je oberflächlicher er den Film beäugte, umso hurtiger schien sich eine innere Harmonie zwischen ihr und ihm herauszukristallisieren. Zu guter Letzt war ja der arme Teufel Theodor, wie jeder andere seiner Art: seine Liebe war Sehnsucht nach Romantik und Wille zur Sachlichkeit. Seine Romantik war Sehnsucht nach Sachlichkeit und seine Sachlichkeit war Wille zur Romantik. – – –

Nun gehörte aber Klara zu jenen Mädchen, die selbst bei völliger Auflösung ihres Ichs, es nicht vergessen können, daß ihr Bruder im Weltkrieg Leutnant gewesen war. Plötzlich, mitten im Kristallisationsprozeß, hub sie an begeistert zu applaudieren. Theodor fuhr empor: da! Dort! über die Leinwand schritt er, ER und nochmals ER! Fridericus, die Briefmarke! Da war es aus. Restlos aus. Das Verlangen verkroch sich in bittere Gleichgültigkeit, ja Abscheu und Ekel, wie die erschreckte Schnecke ins Haus. Die Felle schwammen zu Tal.

Und drei Tage später, diesmal mit Anna: wieder Applaus! wieder brutale Vernichtung zartester Triebe, nur diesmal statt durch »Panzerkreuzer Stingl« durch den »Reichspostminister Potemkin«! Aber fünf Tage später: endlich, endlich! Theodor in Weißglut durch das Lächeln der lenden- und schenkelschönen Frau Bloch: »Madame! Ich möchte mit Euch in einem melancholischen Parke spazieren, aber wir müßten uns in einem Urwald verirren und mitten im Zwielicht des Dickichts müßte ein breites weiches Bett uns entgegenkommen, und kaltes warmes fließendes Wasser, Löwen und Papageien, und ein Zimmerkellner, gütig wie Großpapa, eine lieblich schizophrene Landschaft, fern von Külz!« »Pardon, Theodore! Kein Wort contre Külz! Ich liebe Külz!«

So geschehen im Jahre des Schmutz und Schundes.

Es liegt auf der Hand, daß diese ständigen Pyrrhussiege des Geistes über das Fleisch zur Vernichtung beider führen mußten. Ich will hier aus Raummangel meiner Gestaltungskraft kurz nur die Schlußszene darbieten. Die ersten Akte pflegen ja meistens auch ihren besonderen Reiz zu haben, aber die der Tragödie »Theodors letzte Liebe« sind uninteressant. Zwar könnte sie ein einfallsreicher Regisseur mit allerlei Kniffen schmackhaft würzen, da ich aber ein schlechter Regisseur bin, nicht weil ich keine Einfälle habe, sondern aus mangelnder Ehrfurcht vor dem Dichter, lasse ich sie aus Liebe zum Publikum weg.

Also:

Theodor (führt Gretchen auf sein Zimmer):

Still, Liebste, still! Die Götter sind so neidisch – – nein, ich bin nicht verrückt, ich fürchte mich nur – – still! Nenne mir nicht mal deinen Namen, er könnte mich an Entsetzliches erinnern! Ich will in dir das Prinzip – – Zieh dich aus! Nur rede nichts, rede nichts, du kriegst deine fünf Mark! Hier – – – Ha, das Weib! Weißt du, wer so viel Enttäuschungen erlitt, der sehnt sich nach taubstummer Liebe – – – Hernach, Weib, hernach! Dann kannst du reden was du willst, wie du willst und solange du willst – – (Er setzt sich und sieht ihr zitternd zu, wie sie sich entkleidet; aber plötzlich verfärbt er sich, schnellt ruckartig empor und lallt idiotisch: ihr Hemdchen ist schwarzweißrot eingesäumt, auf dem Büstenhalter funkeln zwei Sowjetsterne, die Kokarde am Strumpfband leuchtet schwarzrotgold und die, etwas altmodischen, Spitzen des Höschens sind nach Hakenkreuzmanier gehäkelt; er wankt, faßt sich an Kopf und Herz und bricht zusammen. Kombinierter Gehirn- und Herzschlag. Vorhang. Schlußmarsch.)

Das Märchen vom Fräulein Pollinger

Es war einmal ein Fräulein, das hieß Anna Pollinger und fiel bei den besseren Herren nirgends besonders auf, denn es verdiente monatlich nur hundertundzehn RM und hatte nur eine Durchschnittsfigur und ein Durchschnittsgesicht, nicht unangenehm, aber auch nicht hübsch, nur nett. Sie arbeitete im Kontor einer Autoreparaturwerkstätte, doch konnte sie sich höchstens ein Fahrrad auf Abzahlung leisten. Hingegen durfte sie ab und zu auf einem Motorrad hinten mitfahren, aber dafür erwartete man auch meistens was von ihr. Sie war auch trotz allem sehr gutmütig und verschloß sich den Herren nicht. Oft liebte sie zwar gerade ihren einen nicht, aber es ruhte sie aus, wenn sie neben einem Herrn sitzen konnte, im Schellingsalon oder anderswo. Sie wollte sich nicht sehnen und wenn sie dies trotzdem tat, wurde ihr alles fad. Sie sprach sehr selten, sie hörte immer nur zu, was die Herren untereinander sprachen. Dann machte sie sich heimlich lustig, denn die Herren hatten ja auch nichts zu sagen. Mit ihr sprachen die Herren nur wenig, meistens nur dann, wenn sie gerade mal mußten. Oft wurde sie dann in den Anfangssätzen boshaft und tückisch, aber bald ließ sie sich wieder gehen. Es war ihr fast alles in ihrem Leben einerlei, denn das mußte es ja sein. Nur wenn sie unpäßlich war, dachte sie intensiver an sich.

Einmal ging sie mit einem Herrn beinahe über das Jahr, der hieß Fritz. Ende Oktober sagte sie: »Wenn ich ein Kind bekommen tät, das war das größte Unglück.« Dann erschrak sie über ihre Worte. »Warum weinst du?« fragte Fritz. »Ich hab es nicht gern, wenn du weinst! Heuer fällt Allerheiligen auf einen Samstag, das gibt einen Doppelfeiertag und wir machen eine Bergtour.« Und er setzte ihr auseinander, daß bekanntlich die Erschütterungen beim Abwärtssteigen sehr gut dafür wären, daß sie kein Kind kriegt.

Sie stieg dann mit Fritz auf die Westliche Wasserkarspitze, 2037 Meter hoch über dem fernen Meer. Als sie auf dem Gipfel standen, war es schon ganz Nacht, aber droben hingen die Sterne. Unten im Tal lag der Nebel und stieg langsam zu ihnen empor. Es war sehr still auf der Welt und Anna sagte: »Der Nebel schaut aus, als würden da drinnen die ungeborenen Seelen herumfliegen.« Aber Fritz ging auf diese Tonart nicht ein.

Seit dieser Bergtour hatte sie oft eine kränkliche Farbe. Sie wurde auch nie wieder ganz gesund und ab und zu tat ihrs im Unterleib schon sehr verrückt weh. Aber sie trug das keinem Herrn nach, sie war eben eine starke Natur. Es gibt so Leut, die man nicht umbringen kann. Wenn sie nicht gestorben ist, so lebt sie heute noch.

Das Fräulein wird bekehrt

Als sich das Fräulein und der Herr Reithofer kennen lernten, fielen sie sich zuerst gar nicht besonders auf. Jeder dachte nämlich gerade an etwas wichtigeres. So dachte der Herr Reithofer, daß sich der nächste Weltkrieg wahrscheinlich in Thüringen abspielen wird, weil er gerade in der Zeitung gelesen hatte, daß die rechten Kuomintang wieder mal einhundertdreiundvierzig Kommunisten erschlagen haben. Und das Fräulein dachte, es sei doch schon sehr schade, daß sie monatlich nur hundertzehn Mark verdient, denn sie hätte ja jetzt bald Urlaub und wenn sie zwohundertzehn Mark verdienen würde, könnte sie in die Berge fahren. Bis dorthin, wo sie am höchsten sind.

Gesetzlich gebührten nämlich dem Fräulein jährlich sechs bezahlte Arbeitstage – jawohl, das Fräulein hatte ein richtiggehendes Recht auf Urlaub und es ist doch noch gar nicht so lange her, da hatte solch Fräulein überhaupt nichts zu fordern, sondern artig zu kuschen und gegebenenfalls zu kündigen, sich zu verkaufen oder drgl., was zwar auch heute noch vorkommen soll. Aber heute beschützen uns ja immerhin einige Paragraphen, während noch vor zwanzig Jahren die Gnade höchst unkonstitutionell herrschte, und infolgedessen konnte man es sich gar nicht vorstellen, daß auch Lohnempfänger Urlaub haben dürfen. Es oblag allein in des Brotherrn Ermessen, ob solch Fräulein zu Weihnachten oder an einem anderen christlichen Doppelfeiertage auch noch den zweiten Tag feiern durfte. Aber damals war ja unser Fräulein noch kaum geboren – eigentlich beginnt ihr Leben mit der sozialen Gesetzgebung der Weimarer Republik. Wie schön war doch die patriarchalische Zeit! Wie ungefährdet konnte Großmama ihre Mägde kränken, quälen und davonjagen, wie war es doch selbstverständlich, daß Großpapa seine Lehrlinge um den Lohn prellte und durch Prügel zu fleißigen Charakteren erzog. Noch lebten Treu und Glauben zwischen Maas und Memel, und Großpapa war ein freisinniger Mensch. Großzügig gab er seinen Angestellten Arbeit, von morgens vier bis Mitternacht. Kein Wunder, daß das Vaterland immer mächtiger wurde! Und erst als sich der weitblickende Großpapa auf maschinellen Betrieb umstellte, da erst ging es empor zu höchsten Zielen, denn er ließ ja die Maschinen nur durch Kinder bedienen, die waren nämlich billiger als ihre Väter, maßen das Volk gesund und ungebrochen war. Also kam es nicht darauf an, daß mannigfache Kinder an der Schwindsucht krepierten, kein Nationalvermögen wächst ohne Opfersinn! Und während Bismarck, der eiserne Kanzler, erbittert das Gesetz zum Schutze der Kinderarbeit bekämpfte, wuchs Großpapas einfache Werkstatt zur Fabrik. Schlot stand an Schlot, als ihn der Schlag traf. Er hatte sich überarbeitet. Künstler, Gelehrte, Richter und hohe Beamte, ja sogar ein Leutnant a. D. gaben ihm das letzte Geleite. Trotzdem blieb aber Großmama immer die bescheidene tiefreligiöse Frau.

Nämlich als Großmama geboren wurde, war es natürlich Nacht, so eine richtige kleinbürgerlich-romantische Nacht und Spätherbst. Alles stand blau am Horizont und der Mond hing über schwarzen Teichen und dem Wald. Natürlich hatte Großmama auch ein Gebetbuch mit einer gepreßten Rose mittendrin. Wenn sie in ihrem gemütlichen Sorgenstuhl saß, betrachtete sie die Rose und dann trat ihr je eine Träne in das rechte und das linke Auge, denn die Rose hatte ihr einst der nunmehr längst verstorbene Großpapa gepflückt und dieser tote Mann tat ihr nun leid, denn als er noch lebendig gewesen ist, hatte sie ihn oft heimlich gehaßt, weil sie sich nie von einem anderen Großpapa hatte berühren lassen. Und Großmama erzählte Märchen und dann schlief sie ein und wachte nimmer auf.

Das Gebetbuch mit der Rose wurde ihr in den Sarg gelegt, Großmama ließ sich nicht verbrennen, weil sie unbedingt wiederaufstehen wollte. Und beim Anblick einer Rose zieht noch heute eine sanfte Wehmut durch ihrer Enkelkinder Gemüt, die heute bereits Regierungsrat, Sanitätsratsgattin, Diplomlandwirt, Diplomingenieur und zwo Hausbesitzersgattinnen sind.

Auch unseres Fräuleins Großmama hatte solch Rose in ihrem Gebetbuch, aber ihre Kinder gingen in der Inflation zugrunde und sieben Jahre später treffen wir das Fräulein im Kontor einer Eisenwarenhandlung in der Schellingstraße mit einem monatlichen Verdienst von hundertundzehn Mark.

Aber das Fräulein zählte nicht zum Proletariat, weil ihre Eltern mal zugrunde gegangen sind. Sie war überzeugt, daß die Masse nach Schweiß riecht, sie leugnete jede Solidarität und beteiligte sich an keiner Betriebsratwahl. Sie tat sehr stolz, weil sie sich nach einem

Sechszylinder sehnte. Sie war wirklich nicht glücklich und das hat mal ein Herr, der sie in der Schellingstraße angesprochen hatte, folgendermaßen formuliert: »In der Stadt wird man so zur Null«, meinte der Herr und fuhr fort: »Ich bin lieber draußen auf dem Lande auf meinem Gute. Mein Vetter ist Diplomlandwirt. Wenn zum Beispiel, mit Verlaub zu sagen, die Vögel zwitschern –« und er fügte rasch hinzu: »Wolln ma mal ne Tasse Kaffee?« Das Fräulein wollte und er führte sie auf einen Dachgarten. Es war dort sehr vornehm und plötzlich schämte sich der Herr, weil der Kellner über das Täschchen des Fräuleins lächelte und dann wurde der Herr unhöflich, zahlte und ließ das Fräulein allein auf dem Dachgarten sitzen. Da dachte das Fräulein, sie sei halt auch nur eine Proletarierin, aber dann fiel es ihr wieder ein, daß ihre Eltern zugrunde gegangen sind und sie klammerte sich daran.

Das war am vierten Juli und zwei Tage später begegnete das Fräulein zufällig dem Herrn Reithofer in der Schellingstraße. »Guten Abend«, sagte der Herr Reithofer. »Haben Sie schon gehört, daß England in Indien gegen Rußland ist? Und, daß der Reichskanzler operiert werden muß.«

»Ich kümmere mich nicht um Politik«, sagte das Fräulein.

»Das ist aber Staatsbürgerpflicht«, sagte der Herr Reithofer.

»Ich kanns doch nicht ändern«, meinte das Fräulein.

»Oho!« meinte der Herr Reithofer. »Es kommt auf jeden einzelnen an, zum Beispiel bei den Wahlen. Mit Ihrer Ansicht, Fräulein, werden Sie nie in die Berge fahren, obwohl diese ganzen ja Wahlen eigentlich nur eine kapitalistische Mache sind.«

Der Herr Reithofer war durchaus Marxist, gehörte aber keiner Partei an, teils wegen Noske, teils aus Pazifismus. »Vielleicht ist das letztere nur Gefühlsduselei«, dachte er und wurde traurig. Er sehnte sich nach Moskau und war mit einem sozialdemokratischen Parteifunktionär befreundet. Er spielte in der Arbeiterwohlfahrtslotterie und hoffte mal etwas zu gewinnen und das war das einzig Bürgerliche an ihm.

»Geben Sie acht, Fräulein«, fuhr er fort, »wenn ich nicht vor drei Jahren zweihundert Mark gewonnen hätt, hätt ich noch nie einen Berg gesehen. Vom Urlaub allein hat man noch nichts, da gehört noch was dazu, ein anderes Gesetz, ein ganz anderes Gesetzbuch. Es ist schön in den Bergen und still.«

Und dann sagte er dem Fräulein, daß er für die Befreiung der Arbeit kämpft. Und dann klärte er sie auf, und das Fräulein dachte: er hat ein angenehmes Organ. Sie hörte ihm gerne zu und er bemerkte es, daß sie ihm zuhört. »Langweilt Sie das?« fragte er. »Oh nein!« sagte sie. Da fiel es ihm auf, daß sie so rund war rundherum, und er mußte direkt achtgeben, daß er nicht an sie ankommt.

»Herr Reithofer«, sagte plötzlich das Fräulein, »Sie wissen aber schon sehr viel und Sie können es einem so gut sagen« – aber der Herr Reithofer ließ sich nicht stören, weil er gerade über den Apostel Paulus sprach und darüber ist es sehr schwer zu sprechen. »Man muß sich schon sehr konzentrieren«, dachte der Herr Reithofer und ging über zur französischen Revolution.

Er erzählte ihr, wie Marat ermordet wurde, und das Fräulein überraschte sich dabei, wie sehr sie sich anstrengen mußte, wenn sie an einen Sechszylinder denken wollte. Es war ihr plötzlich, als wären nicht ihre Eltern, sondern bereits ihre Urureltern zugrunde gegangen. Sie sah so plötzlich alles anders, daß sie einen Augenblick stehen bleiben mußte. Der Herr Reithofer ging aber weiter, und sie betrachtete ihn von hinten.

Es war ihr, als habe der Herr Reithofer in einem dunklen Zimmer das Licht angeknipst und nun könne sie den Reichswehrminister, den Prinz von Wales und den Poincaré, den Mussolini und zahlreiche Aufsichtsräte sehen. Auf dem Bette saß ihr Chef, auf dem Tische stand ein Schupo, vor dem Spiegel ein General und am Fenster ein Staatsanwalt – als hätten sie immer schon in ihrem Zimmer gewohnt. Aber dann öffnete sich die Türe und herein trat ein mittelgroßer stämmiger Mann, der allen Männern ähnlich sah. Er ging feierlich auf den Herrn Reithofer zu, drückte ihm die Hand und sprach: »Genosse Reithofer, du hast ein bürgerliches Mädchen bekehrt. Das ist sehr schön von dir.« Und das Fräulein dachte: »Ich glaub gar, dieser Herr Reithofer ist ein anständiger Mensch.«

»Die Luft ist warm heut abend«, sagte der anständige Mensch. »Wollen Sie schon nachhaus oder gehen wir noch etwas weiter?«

»Wohin?«

»Dort drüben ist die Luft noch besser, das ist immer so in den Anlagen«, sagte er und dann fügte er noch hinzu, der Imperialismus sei die jüngste Etappe des Kapitalismus und dann sprach er kein Wort.

Warum er denn kein Wort mehr sage, fragte das Fräulein. Weil es so schwer sei, die Menschen auf den rechten Weg zu bringen, sagte der Herr Reithofer. Hierauf konnte man beide nicht mehr sehen, denn es war sehr dunkel in den Anlagen.

Wollen wir ihnen folgen? Nein. Es ist doch häßlich, zwei Menschen zu belauschen, von denen man doch schon weiß, was sie voneinander wollen. Kaufen wir uns lieber eine Zeitung, die Sportnachrichten sind immer interessant.

Ich liebe den Fußball – und Sie? Wie? Sie wollen, daß ich weitererzähle? Sie finden, daß das kein Schluß ist? Sie wollen wissen, ob sich das Fräulein wirklich bekehrt hat? Sie behaupten, es sei unfaßbar, daß solch ein individualistisches Fräulein so rasch eine andere Weltanschauung bekommt? Sie sagen, das Fräulein wäre katholisch? Hm.

Also wenn Sie es unbedingt hören wollen, was sich das Fräulein dachte, nachdem sich der Herr Reithofer von ihr verabschiedet hatte, so muß ich es Ihnen wohl sagen, Frau Kommerzienrat. Entschuldigen Sie, daß ich weitererzähle.

Es war ungefähr dreiundzwanzig Uhr, als das Fräulein ihr Zimmer betrat. Sie setzte sich und zog sich aus, so langsam, als wöge jeder Strumpf zehn Pfund.

Ihr gegenüber an der Wand hing ein heiliges Bild: ein großer weißer Engel schwebte in einem Zimmer und verkündete der knienden Madonna: »Bei Gott ist kein Ding unmöglich!« Und das Fräulein dachte, der Herr Reithofer hätte wirklich schön achtgegeben und sei überhaupt ein anständiger Mensch, aber leider kein solch weißer Engel, daß man unbefleckt empfangen könnte. Warum dürfe das nur Maria, warum sei gerade sie auserwählt unter den Weibern? Was habe sie denn schon so besonderes geleistet, daß sie so fürstlich belohnt wurde? Nichts habe sie getan, sie sei doch nur Jungfrau gewesen und das hätten ja alle mal gehabt. Auch sie selbst hätte das mal gehabt.

Die Mutter Gottes hätte eben Protektion gehabt genau wie die Henny Porten, Lya de Putti, Dolores del Rio und Carmen Cartellieri. »Wenn man keine Protektion hat, indem daß man keinen Regisseur kennt, so wird man halt nicht auserwählt«, konstatierte das Fräulein.

»Auserwählt« wiederholte sie, und es tat ihr alles weh. »Bei Gott ist kein Regisseur unmöglich«, lächelte der große weiße Engel, und das Fräulein meinte: »Sei doch nicht so ungerecht!« Und bevor sie einschlief, fiel es ihr noch ein, eigentlich sei alles ungerecht, jeder Mensch, jedes Ding. Sicher sei auch der Stuhl ungerecht, der Schrank, der Tisch, das Fenster, der Hut, der Mantel, die Lampe. Vielleicht sei auch der Herr Reithofer trotzdem ungerecht, obwohl er wahrscheinlich gar nichts dafür kann.

Gute Nacht, Frau Kommerzienrat.

Die Fürst Alm

Infolge der durch den Sommer hereinbrechenden Reise- und Ferienzeit möchte ich all jene, die mit irgendeinem Kraftfahrzeug die südliche Grenze des deutschen Reiches in Richtung München-Garmisch-Partenkirchen einschlagen nach Tirol oder nach Oberammergau auf eine neu entstandene Station aufmerksam machen, auf die Fürst Alm auf dem Dünaberg bei Murnau am Staffelsee in Oberbayern.

Das ist ein langer Titel und ich will es gleich näher erklären. 75 km von München, 25 von Garmisch-Partenkirchen, liegt es 5 Minuten abseits der Straße von Murnau nach Oberammergau. Es ist der schönste Punkt am nördlichen Rande der bayerischen Alpen, den man mit Kraftfahrzeugen erreichen kann per Motor. »Schönste« ist ja allerdings immer eine relative Bezeichnung und ich will sagen die umfassendste.

Der Dünaberg bei Murnau gehört zu jenem Ausläufer westlich des Höhenzuges, bis zu dem sich um das Jahr 1600 die bayerischen Truppen von den Tirolern zurückgezogen haben und hier rettete sie die französische Verstärkung aus München. Hier wird auch noch jährlich in Erinnerung an diesen Tag ein Graf-Arco-Preisschießen von einer Kgl. priv. Schützengesellschaft veranstaltet, als Erinnerung an die Errettung Murnaus von der Plünderung durch die Tiroler.

Und nun zurück ins zwanzigste Jahrhundert! Der Vater Fürst war in seiner Jugend einer der Einführer der Lederhosen gegen das Geschrei der Klerikalen wegen der unsittlichen Tracht. Der Kampf um die Lederhose.

Heute ist er ein alter Herr mit einem Bart, der natürlich wirkt und ist auch tatsächlich mit Andreas Hofer verwandt. Von der Fürst Alm sieht man die Berge von Allgäu bis Tölz, Zugspitze und Wetterstein, Teufelsgrat, Wank und Krottenkopf, Heimgarten, Herzogstand, Benediktenwand und das Ettaler Manndl und alles, was sich um diese Berge herumgruppiert, Täler und Dörfer und den See nordwärts mit der oberbayerischen Hochebene.

Nirgends in ganz Oberbayern hat man solch einen instruktiven Überblick über eine typisch oberbayerische Landschaft.

Ein sonderbares Schützenfest

Anfang August fuhr ich durch das bayerische Oberland und in der Nähe von Partenkirchen, dort wo die Berge beginnen, durchfuhren wir auch einen sogenannten schmucken Markt. Die Sonne schien und Sonntag wars. Aber auch abgesehen vom Tage des Herrn herrschte eine überaus feiertägliche Stimmung. Fahnen, Musik, jubelnde Bevölkerung, sowohl Eingeborene als auch Fremde, biedere Landmänner und erholungsbedürftige Bürgersleut.

Und warum jubilierten all die Braven?

Darum:

Durch die Hauptstraße zogen Schützen, viele Schützen, lauter Schützen. Ein Schützenzug. Im gleichen Schritt und Tritt. Fürbaß. Mit wallenden Barten und Gamsbärten, Gewehren und Bowiemessern, Standarten und heroischen Wunschträumen. Meist waren es bereits in Lederhosen Geborene, aber es waren auch welche dabei aus Ingolstadt, Köln, Jena und Berlin. Ja sogar aus Sachsen marschierten welche mit, wortkarg und unnahbar. Trotzdem hätte ich den ganzen großen Schützenzug ziemlich bald vergessen, hätte ich nicht zufällig ein Plakat erblickt. Auf diesem Plakate stand: »Graf Arco Erinnerungsschießen.«

Ich dachte zuerst an jenen Herrn, der Kurt Eisner ermordet hatte, aber jener konnte es nicht sein, denn da stand ja ausdrücklich: »Historisches 120. Arco Schießen am 28. Juli, 3. und 4. August 1929.«

Also etwas ganz historisches, dachte ich mir und las weiter: »In dankbarer Erinnerung an die Befreiung des vor 120 Jahren am 18. Juli 1809 von den Tirolern belagert und schwer bedrängten Marktes M. durch den kgl. Bayer. Obersten Grafen Maximilian von Arco, der den Markt vor schwerer Brandschatzung bewahrte, begeht die unterfertigte Schützengesellschaft alljährlich ein ›Arco-Schießen‹. Jeder Gast wird sicherlich eine stete Erinnerung an unseren anmutigen Sommerort, den schönen See und das herrliche Gebirge behalten. Möge es uns daher vergönnt sein, eine recht große Zahl froher Schützenbrüder beim 120. Arcoschießen willkommen zu heißen.

Kgl. priv. Feuerschützengesellschaft.«

Was bedeutet das?

Ich forschte weiter: ein um die sogenannte Heimatbewegung überaus verdienter Priester schreibt in der Zeitschrift ›Bayerland‹ folgende Sätze: »– – Noch schlimmer (als die Schweden. Anmerkung meiner Wenigkeit) spielte der spanische Erbfolgekrieg den M.-ern mit, als die erbitterten Tiroler bis M. und H. vordrangen und die wehrlosen Orte plünderten und einäscherten. Als im Jahre 1809 dreitausend Tiroler den Markt aufs neue brandschatzen wollten, wurden sie allerdings mit blutigen Köpfen heimgeschickt; Oberst Arco, der zum Entsatz aus Benediktbeuern herbeigeeilt war, wird noch heute durch das sogenannte Arco-Schießen als Befreier des Marktes (mit Hilfe der verbündeten Franzosen. Anmerkung meiner Wenigkeit) gefeiert.«

Was bedeutet das?

Das bedeutet, daß sich noch heute Deutsche dazu hergeben, einen Tag, an dem Deutsche auf Deutsche geschossen haben, durch ein Schützenfest zu feiern. Daß es im dritten Jahrzehnt des zwanzigsten Jahrhunderts noch Deutsche gibt, die sich nicht schämen, einen Trauertag des deutschen Volkes als Freudentag zu begehen. Daß es Deutsche gibt, die mit markigen Ansprachen die Bedeutung des Tages würdigen (mit nachfolgendem Tanz) – die jenen Tag rühmen, da Deutsche Deutsche »mit blutigen Köpfen heimschickten«, weil sie »brandschatzen und plündern« wollten – die sich frischfrommfröhlich an jenen Tag zurückerinnern, voll Pietät und »Jubilarscheibe«, statt die Borniertheit und das Unglück ihrer Urväter zu verfluchen und ihr Volk zu beweinen ob seiner tragischen Geschicke im Kampfe um seine Einigung.

Es gibt also noch Deutsche, denen die Errettung ihrer Marktgemeinde vor 120 Jahren wichtiger zu sein scheint, als Großdeutschland. Anders läßt sich das nicht formulieren. Denn sonst müßte ja diese »Kgl. priv. Feuerschützengesellschaft« jenen Tag von ihrem Festprogramm streichen und statt des »Historischen Arco-Schießens« einen Trauergottesdienst abhalten. Denn religiös sind sie wahrscheinlich.

Doch die Gerechtigkeit gebietet es zu sagen, daß dieser Kgl. priv. Gesellschaft mildernde Umstände zugebilligt werden müssen: nämlich sie überlegt es sich ja gar nicht und wird sich also gar nicht darüber klar, was sie da eigentlich feiert. Und das ist das Traurigste.

Ich sprach mit vielen Bürgern des Marktes M. Jeder, aber auch jeder, Lehrer, Bauer, Arzt, Briefträger, Wirt, Arbeiter, Student bestätigte mir, es sei ein grober Unfug. Trotzdem war alles beflaggt, alles jubilierte, die Beteiligung am Schießen war »überaus zahlreich«, die Preisverteilung im »prächtig festlichem Rahmen bei begeisterter Stimmung«, der Tanzsaal überfüllt. Es *ist* ein grober Unfug.

Dieses sonderbare Schützenfest ist wahrlich kein Zeichen partikularistischer Tendenzen, es ist lediglich ein Produkt sträflich leichtsinniger Gedankenlosigkeit, politischer Wurschtigkeit und Unwissenheit – das typisch politische Merkmal breiter Schichten des Mittelstandes.

»Das deutsche Volk einig in seinen Stämmen – « – mir, als sogenanntem Auslandsdeutschem, als von den garantiert echten Vaterländischen unter der Rubrik »Internationalist« Geführtem, mir wurd es übel, Zeuge dieser entarteten Heimatliebe zu sein. Ich tröstete mich mit dem Gedanken, daß es im Deutschen Reiche hoffentlich nur ein einziges »Arco-Schießen« gibt. Vielleicht! Man könnte es sich ja gar nicht ausdenken, wieviel Feste gefeiert werden müßten, wenn jeder Sieg, den Deutsche über Deutsche im höchstpersönlichem Interesse vaterlandsloser Dynastien errungen haben, gefeiert werden würde! Jeder Tag wäre ein Doppelfeiertag.

Wie heißt es doch in dem Einladungsschreiben zur Kgl. priv. Arcoschießerei? »Möge es uns daher vergönnt sein, eine recht große Zahl froher Schützenbrüder beim 120. Arco-Schießen willkommen zu heißen –« Nein! Sagen wir so: Möge es uns daher vergönnt sein, daß wir es möglichst bald erleben, daß kein Deutscher mehr nationale Verbrechen seiner Ahnen als »Tradition« pflegt, nur um eine »Jubilarscheibe« gewinnen und Bier saufen zu können!

Aus den weißblauen Kalkalpen

I

15. Juli. Die Schulen sind aus, die Ferien beginnen, die Städter strömen in die Natur um sich auszuschwitzen. Heuer gibt es wiedermal besonders viele unbefriedigte Damen. Pflichtgetreu absolvieren die Bauernburschen ihre galanten Abenteuer, diese Meister der praktischen Psychologie. Ich sitze in einem Aussichtscafé. Mißtrauisch erkundigt sich die Kellnerin, warum ich so ohne irgendeine Frau dasitze. Ich sage, ich sitze auch gern mal so allein, worauf sie meint: »Freilich, man muß auch mal ausschnaufen, jetzt ist wieder Saison, jetzt haben die Herren wieder streng zu tun.«

II

Ein Fremder fragt zwei eingeborene Brüder: »Verzeihen Sie, bitte, könnten Sie mir sagen welche Kuppe der Krottenkopf ist?«

»Ha?«

»Der Krottenkopf, bitte.«

»Der Krottenkopf«, befleißigt sich der eine Schriftdeutsch zu antworten, »des ist dort der dicke, der dritte rechts hinter dem vierten links ganz hint, aber jetzt sehngs den net, von hier aus kann man nämli den Krottenkopf nicht sehen.«

»? ? ? ?«

»Geh laß do den Socka!« meinte der ältere Bruder freundlich.

»Leck mi am Arsch«, belehrte ihn der Jüngere. »Wannst a Fremdnort sein wuillst, mußt scho freundli sein zu de Leut, da hilft si nix.«

III

Erst sieben Wochen nach dem 20. Mai wurde das Wahlmysterium zu Mittelsöchering enträtselt. Dort wurden 68 Stimmzettel abgegeben, davon 67 für die Bayerische Volkspartei und einer für die Kommunisten. Natürlich wurde unter Leitung des Pfarrers nach dem roten Hund geforscht. Aber wie gesagt erst nach sieben Wochen kam man durch Zufall dahinter, daß die kommunistische Stimme nicht vom Anderlbauern stammt (der im Weltkrieg verschüttet worden war und seither nichts von all dem wissen wollte) und der als vermeintlicher Roter schon des öfteren gefotzt worden war, sondern von der achtzigjährigen Schwester des Pfarrers, die bei der Wahl ihre Brille daheim vergessen hat und also das Kreuz statt bei der sieben bei der fünf gemacht hat. – – Die Wahrheit hat selten Pointen.

Wie der Tafelhuber Toni seinen Hitler verleugnet hat

Gegen den Satan der Fleischeslust ist noch kein Kraut gewachsen, besonders im Fasching nicht. Auch wenn man eingeschriebenes Mitglied der NSDAP ist, erliegt man halt leicht der Versuchung, wie uns dies der Fall Tafelhuber zeigt. Der Tafelhuber Toni war nämlich ein überaus eifriger Hakenkreuzler, aber trotzdem verleugnete er bei der letzten Redoute seinen Hitler, und daran war nur so ein raffiniertes Frauenzimmer, Gott verzeih ihr die Sünd, schuld. Die hat den Tafelhuber Toni direkt um ihre Finger gewickelt, akkurat wie die Dalila ihren Simson. Dabei war der Tafelhuber gar kein Simson nicht.

Begonnen hat es so: wie es nämlich angefangen hat, da ist der Toni noch bei seinen speziellen Parteifreunden gesessen, in der Nähe der illuminierten Tanzfläche. Eine illustre Korona war das. Noch hat er sich nicht mal nach dem Schatten eines Weibes umgeschaut, sondern hat bloß sarkastische Bemerkungen fallen lassen über dem Kardinal Faulhaber seine letzte Predigt. Aber dann wollte es plötzlich das hinterlistige Schicksal, daß er seine Circe findet. Das war eine üppige Erscheinung, direkt rassig. Sie ging als Andalusierin und hatte was für ihn. Sie ist an ihm vorbeigerauscht, und er fühlte sich magisch hingezogen. Und sie hat halt nicht locker gelassen mit ihren verheißungsvollen Augen und den halbgeöffneten sinnlichen Lippen. So wurde er verzaubert.

Fünf mal hat er dann getanzt damit, und zwar gleich hintereinander. Sie preßte sich an ihn, und ihm tat das wohl, denn sie war halt kein Krischperl. Hernach wurde er plötzlich romantisch und gebrauchte ein dichterisches Bild, worauf sie sich an seinen Arm hängte und meinte, sie müsse nun etwas trinken vor lauter Linksrum. Er stieg mit ihr auf die Galerie in ein schattiges Eck. Dort setzten sie sich, und wie auf ein Kommando intonierte die Musik eine getragene Weise. Aber das war alles nur Schicksal. Sie trank einen süßen roten Likör, und er sah ihr dabei zu. Dann kamen sie sich immer näher und gaben keinen Ton von sich. Mitten drin ging aber plötzlich ein Herr vorbei, und dieser Herr war ein Jud. Er lächelte rabulistisch und warf der Andalusierin einen provozierenden Blick zu, den diese automatisch erwiderte, denn sie war halt eine kokette Person.

Der Tafelhuber jedoch wollte seiner Beobachtungsgabe schier nicht trauen. Vor seinem geistigen Auge wiederholte er sich diese Szene, und immer mehr wurde für ihn diese Episode abermals zum Beweis. Er wollte es sich nicht gefallen lassen, daß ein Semit die Seinige so orientalisch-lüstern anschaut, aber der Orientale war schon verschwunden, und nun entstand zwischen dem Paar ein Meinungsaustausch über diese ganze Judenfrage. Der Teufelhuber wurde immer stolzer und setzte seiner Andalusierin allerhand auseinander, aber diese blieb verstockt. Ja sie meinte sogar, daß ihr das schon sauwurscht wäre, ob Jud, ob Christ, ob Heid, für sie wäre die Hauptsache, daß einer ein Menschenantlitz trägt. Und plötzlich fuhr sie ihn an: »Oder bist du gar so a Hakenkreizler? Die mag i nämlich scho gar net!« Sie sah ihn direkt durchbohrend an. »Mei Vater is Sozialdemokrat, mei Mutter is Sozialdemokrat, und i bins a«, sagte sie und zog sich zurück von ihm, so daß es ihm an der ihr bisher zugewandten Seite ganz eisig entlang wehte. Weil er halt auch schon ziemlich durchschwitzt war. Er wollte sich an ihr wärmen wie an einem Feuer – aber da fiel ihm schon wieder der Kardinal ein und der Herr Owen Young, besonders letzterer grinste sehr höhnisch – »Nur nichts mehr denken«, dachte der Tafelhuber verzweifelt und konnte nicht mehr anders. Sein aufgestacheltes Verlangen nach den einladenden Formen seiner marxistischen Andalusierin blieb weiter bestehen und wuchs sich aus, trotz der diametral anderen Weltanschauung. Auch ein SA-Mann ist halt zu guter Letzt nur ein Mensch. Auch er ist doch nur ein Mann mit demselben Gestell wie ein Exot. Was helfen da alle guten Vorsätze, das Leben legt seine Netze aus und fragt weder nach Rasse noch nach Religion. Manchmal ist halt auch bei einem Hitlermann der Geist willig und das Fleisch schwach. Und er sagte: »Nein, ich bin kein Hitler nicht.« – So hatte er seinen Hitler verleugnet, ehe die dritte Française getanzt war.

Aber hernach hat er es mit den Gewissensbissen bekommen und nicht zu wenig. Er ist ganz dasig an den Tisch seiner Parteigenossen zurückgekehrt und hat sich einen furchtbaren angetrunken vor lauter Zerknirschung. Düster hat er vor sich hingestarrt und gegrübelt, eine lange Zeit. Dann ist er plötzlich aufgesprungen und hat losgebrüllt: »Ja Herrgottsakrament, sind wir denn noch in Deutschland oder nicht?!« Man beruhigte ihn und setzte ihm auseinander, daß er sich noch in Deutschland befände, und zwar mitten in München, aber er wollte es nicht glauben. Er lallte nur Abwegiges vor sich hin und wankte benommen. Man führte ihn hinaus in die frische Luft. Ein feiner Nebel lag über dem Asphalt, und wenn er sich nicht hätt übergeben müssen, dann hätt er die Sterne der Heimat gesehen.

Souvenir de Hinterhornbach

Wir waren nun drei Wochen lang in Hinterhornbach, in einem der finstersten Winkel des heiligen Landes Tirol, 1200 Meter hoch über dem fernen Meer.

Wir sind auf die Berge gestiegen und sind auch wieder hinabgestiegen, wir haben dort droben die seltsam stille Luft ein- und ausgeatmet und dabei das Wild im Walde geärgert. Das waren schöne Ferien!

Nun sind sie aber leider zu Ende und so kehren wir halt mit einer gewissen Wehmut, erfrischt und beruhigt in unsere Stadt zurück. Und diese Rückkehr ist ziemlich kompliziert. Zuerst mußten wir ein Stück laufen, jetzt sitzen wir in einem hohen Wägelchen, drunten in Stanzach kommt dann die Motorpost und erst in Reutte die Eisenbahn.

Es ist Nacht, die Straße ist noch vom K. K. Ärar angelegt worden, herrlich und halsbrecherisch – immer am oberen Rande einer Klamm entlang, tief unter uns tobt der Hornbach, aus dem schwarzen Walde wächst das silberne Grau der Felsen in den Mondhimmel und das alles zusammen ist direkt wildromantisch.

Und während wir so ins Lechtal hinunterfahren, fällt es mir immer wieder ein: Hinterhornbach, zwölf Häuser und dreiundachtzig Seelen.

Und ich muß immer wieder an diese Seelen denken und zwar hintereinander. Jede einzelne Seele tritt vor mich hin und fragt mich: »Erinnerst du dich noch an mich?« »Natürlich, du bist doch der Pfarrer, der den anderen Seelen das Tanzen verbietet, und der erst vorgestern eine weibliche Seele von der Kanzel herab verdonnerte, weil sie mit bloßem Hals auf dem Felde gearbeitet hat« – und nun winkt mir eine alte Seele zu, eine richtige Urgroßmutter, die in der Kirche auf der Hurenbank sitzen muß, weil sie vor fünfundsechzig Jahren ein außereheliches Kind neben ihren vierzehn ehelichen bekommen hatte – ihre Enkelkinder haben schon längst kirchlich geheiratet, aber die Ahnfrau muß auf der Schandbank beten. Der Einzige, der nicht beten will, das ist der verzweifelte alte Lehrer, der sich völlig versoffen hat, und dessen Frau Ibsen liest, um den Pfarrer zu ärgern – – und jetzt fällt mir ein abgestürzter Tourist aus Geislingen ein, dessen Leichnam in einer Scheune verweste, weil die Hinterhornbacher für die Bestattungskosten nicht aufkommen wollten, und auch an den kleinen Gemeindestier Sebastian muß ich nun denken, dem man heimlich Nähnadeln ins Heu gestreut hatte, um den Bürgermeister zu ärgern. Man weiß es noch heute nicht, wer dies tat, ein jeder meint, der andere sei es gewesen – sie kennen sich nämlich genau, weil sie leidenschaftlich gern spionieren. So hat jedes Haus sein Fernrohr, durch die sie sich schadenfroh gegenseitig in die Häuser zu schauen trachten. Und weil die Hinterhornbacher so boshaft sind, drum haben sie auch ein boshaftes Gespenst, namens Buhz. Der Buhz schleicht sich an die Höfe heran, reißt den Leuten den Hut vom Kopf, zerbricht Brücken, ruiniert das Vieh, verdirbt das Heu, versperrt durch Steine und Stämme die Wege und glaubt auch nicht an den lieben Gott.

»Den wievielten haben wir denn heut?« fragte plötzlich jemand im Wagen. »Den 15. März 1930«, sagte ich.

Der mildernde Umstand

Der Drogist Lallinger ist ein begeisterter Nazi, und zwar schon seit längerer Zeit. Er ist ein direkt prominentes Mitglied in seiner Ortsgruppe, aber in den Landtag ist er halt noch nicht hineingewählt worden, sondern der Herr Major. Dieser Major ist ein Norddeutscher – »Überhaupts wächst sich unser Herr Major zu einem Schädling in unserer Bewegung aus, der Saupreiß, der windige!« versicherte mir der Lallinger, als ich ihn unlängst in der Schellingstraße traf. »Dir darf ichs sagen«, fuhr er fort, »denn du bist ja ein Internationalist! Aber meiner Seel, mir ist schon manchmal a so a roter Hund lieber als wia so a Preiß! Du wirst schon sehen, wie sehr daß der völkische Gedanke bei uns in Bayern zusammenschrumpfen wird, seitdem daß der Hitler in Norddeutschland droben einen derartigen Sukzeß hat!«

So unterhielten wir uns, natürlich ausschließlich über Politik, denn der Lallinger war ein durchaus politisierter Mensch. Er erzählte mir auch, daß er gerade vom Gericht komme, aus einem hochpolitischen Prozeß ersten Ranges; dort hätte er nämlich einen Entlastungszeugen markieren müssen, aber man habe ihm kein Sterbenswörtchen geglaubt. Es drehte sich um die gerichtliche Sühne einer schweren Körperverletzung anläßlich einer Wahlversammlung in Oberlochhausen, und an dem ganzen Schlamassel waren natürlich nur einige Zwischenrufer schuld, die um einen runden Tisch herumgehockt seien und ihre Schandmäuler nicht hätten halten können. »Was waren denn das für Zwischenrufe?« erkundigte ich mich schüchtern. »Lauter zustimmende natürlich!« versicherte mir stolz der Lallinger. Ich sah ihn überrascht an, worauf er mir auseinandersetzte, daß die Sache natürlich einen Haken gehabt hätte, denn die Zwischenrufer seien total besoffen gewesen, und durch diese Tatsache wären nun ihre begeistert zustimmenden Rufe in einer eigentümlichen Weise in das Gegenteil verwandelt worden. »Und plötzlich«, fuhr er fort, »war eine ganz lächerliche Atmosphäre im Saal. So hab ich mich halt erheben müssen, weil ich den Vorsitz geführt hab, und hab gesagt: ›Meine Herren Zwischenrufer‹, hab ich gesagt, ›ich werd jetzt wohl bald gezwungen werden, von meinem Hausherrnrechte Gebrauch zu machen, falls die Herren Zwischenrufer nicht das Maul halten wollen, das ganz abscheuliche! Hier dreht es sich um unsere Erneuerung‹, hab ich gesagt, ›und nicht um den Bierrausch der Herren Zwischenrufer!‹ Aber kaum hab ich geendet, da hab ich schon den Kopf zur Seite tun müssen, denn da ist auch schon ein Maßkrug durch die Luft geflogen. Und dann ists halt aufgegangen. Es werden wohl hundertzwanzig Personen gewesen sein, die wo da gerauft haben. Hernach waren halt zwanzig Stuhl zerbrochen, dreißig bis vierzig Maßkrüg – auf nähere Details erinnere ich mich aber nicht mehr. Ich weiß nur noch, daß die Bsoffenen meinen Bruder unter ihren Tisch nunterzogen haben und mit ihren Genagelten in seinem Antlitz herumgetrampelt haben, direkt fanatisch, die Hammeln, die hundsheiternen! Aber zum Glück hat das Ganze nicht lange gedauert, durch einen glücklichen Irrtum. Nämlich als die Rauferei grad angegangen ist, ist ein Bsoffener hereingekommen, der wo von nichts eine Ahnung gehabt hat – und dem hat dann mein Bruder, der wo sonst ein sehr friedliebender Charakter ist, ein Maßkrug von hinten auf den Schädel naufgesetzt, daß er zersplittert ist in tausend Teile – und der Bsoffene ist umgfallen, ohne einen Ton von sich zu geben, wie eine Leich. Jetzt sind halt natürlich alle furchtbar erschrocken und haben gemeint: ›Schau, jetzt ist der gar tot!‹ – und so habens halt gleich aufghört zu raufen vor lauter Entsetzen. Wir haben dann den Toten in das Nebenzimmer geschafft, und ich hab die Versammlung wegen dieses traurigen Ereignisses schließen wollen. Aber kaum hab ich mit meinem Schlußwort angefangen, es war eine feierliche Stille, weil halt jeder gemeint hat, nebenan liegt ein Toter – also kaum hab ich die ersten Worte gesagt, geht die Tür auf, und der Tote kommt rein; er hat einen ganz blutigen Schädel gehabt und war noch immer nicht ganz nüchtern. ›Ja Blutsakrament!‹ brüllte der Tote. ›Wo is er denn, der Hund, der Schlawak, der Häuter, der wo mi da niedagschlagn hat?! Sakrament, Sakrament, den spring i jetzt aba aufn Nabel nauf!‹ – Natürlich hat man aber den Toten sofort beruhigt durch gütliches Zureden. Aber angezeigt hat er meinen Bruder halt doch, und heut war die Verhandlung. Mein Bruder hat gesagt, es tät ihm sehr leid und er empfände Reue darüber, daß er den Toten niedergschlagen hat, aber es wäre halt ein Irrtum gewesen, und er bitte um mildernde Umständ, weil der Tote ja einen derartigen Rausch gehabt hätte, daß er eh umgfallen war. Er hat dann auch nur die Mindeststrafe bekommen, und zwar mit Bewährungsfrist.«

Die gerettete Familie

Am 7. August 1922 war ich sehr verliebt und zwar in eine gewisse Frau Elisabeth Tomaschek aus dem VIII. Bezirk. Der Herr Tomaschek war damals gerade verreist und so stand meinen Gefühlen fast nichts mehr im Wege. Ich gebs heut gerne zu, daß das moralisch nicht schön von mir war, aber von einem natürlichen Standpunkt aus betrachtet wars doch auch wieder nicht unschön. Die Natur ist halt mal ungerecht und obendrein war ich damals noch ziemlich hemmungslos, der Krieg war ja auch noch kaum vorbei.

Am 12. November 1928 kam nun der Herr Tomaschek, den ich inzwischen schätzen gelernt hatte, unerwartet zu mir. Er war erregt und sagte: »Ich hab grad eine Karambolage hinter mir!« Und dann setzte er mir auseinander, daß diese Karambolage mit einem scharfen Wortwechsel zwischen ihm und seiner Gemahlin begann und zwar über das Thema, ob der Bubi humanistisch gebildet werden müßte oder ob er in die Oberrealschule gehen sollte. Die Frau war absolut für die Oberrealschule, weil diese ganz in der Nähe lag, aber er hatte eine Schwäche für das Unpraktische. Energisch verteidigte er den Wert des humanistischen Bildungsideals und dabei entschlüpfte ihm leider Gottes ein ordinäres Schimpfwort. Die Frau schimpfte natürlich zurück, das ging so her und hin, bis die Frau (und für sie dürfte diese ganze Debatte wahrscheinlich nur ein Anlaß gewesen sein, um einem seit 1920 aufgestapeltem Groll das Ventil zu öffnen) »und jetzt kommt die Karambolage!« schrie mich der Tomaschek an, »sagt das Luder nicht, daß sie am 7. August 1922 etwas mit dir gehabt hätt!«

»So«, sagte ich, »also das find ich unerhört!«

»Ich möcht halt jetzt nur klar sehen«, fuhr der Tomaschek fort, »ob das nämlich stimmt, denn wenn das nämlich stimmt, laß ich mich nämlich scheiden, das kann mir niemand zumuten, daß ich mit einer zusammenleb, die sich mit dir eingelassen hat! Sags mir nur ruhig, das wird unsere Freundschaft nicht stören! Ich bin dir nicht bös, denn du kannst ja nichts dafür. Meiner Seel, das Weib ist halt mal so ein Grundübel, die personifizierte Sund, das Laster in persona!«

Während er so sprach, überlegte ich krampfhaft, wie ich vorgehen sollte. Also eine Familie wollte ich nicht zerstören, denn das wäre gegen meine Prinzipien gewesen. Aber eigentlich wollt ich auch den braven Tomaschek nicht täuschen, ich hatte ein direkt miserables Gefühl bei dem Gedanken, daß ich sein verständnisvolles Vertrauen mißbrauchen sollte – schließlich siegte mein Altruismus: zwei Menschen, die das Schicksal gesetzlich zusammengetrieben hat, sagte ich mir, dürften nicht voneinandergejagt werden, und solches erst recht nicht, weil dann der herzige Bubi auseinandergerissene Eltern hätt – und so antwortete ich dem Tomaschek: »Also ich find das von deiner lieben Gemahlin schon ziemlich legere, daß sie mich da in ein Drama hineinziehen möcht, bloß um dich aufzuregen. Natürlich ist das alles erlogen!«

Mein Tonfall beruhigte ihn und er gab mir seine klebrige Hand. »Ich muß jetzt noch ins Continental«, sagte er. »Also du glaubst mir?« fragte ich. »Ich glaub alles«, sagte er und es lag eine gewisse Resignation in seiner Stimme. Kaum war er weg, rannte ich zu seiner Frau. »Elisabeth!« fuhr ich sie an. »Der Viktor war grad bei mir und hat sich erkundigt –« »Ich weiß schon!« unterbrach sie mich. »Einen Schmarrn weißt du!« brüllte ich und das war alles programmgemäß. »Ich hab ihm natürlich gebeichtet, daß ich was mit dir gehabt hab, weil er mich an meiner Ehre gepackt hat! Und jetzt will er sich partout scheiden lassen!« »Also endlich!« sagte sie und setzte sich.

Das hatte ich nicht erwartet, denn ich wollte ja gerade das Gegenteil. Ich dachte sie durch mein erfundenes Geständnis einzuschüchtern, aber jetzt mußte ich mitansehen, daß sie direkt erleichtert tat. Momentan wußte ich gar nicht, was ich sagen sollte. »Du kannst es ja gar nicht wissen«, unterbrach sie plötzlich die Stille und sah mich lang an. »Was denn?« erkundigte ich mich kleinlaut. »Wie gut daß er und ich zusammenpassen«, sagte sie und betrachtete spöttisch meine modernen Schuhe. »Ich hätt mich ja mit dir nie eingelassen«, fuhr sie fort, »wenn ich nicht gewußt hätt, daß er sich bereits mit allerhand Menschern abgibt.« Nun stand sie am Fenster und das sah aus, als wollte sie überall hinaus. Auch aus sich hinaus.

»Und der Bubi?« fragte ich plötzlich scheinbar nebenbei, denn nun kam mein letzter Trumpf. »Wenn sich der Viktor jetzt scheiden läßt, bist natürlich du der schuldige Teil und den Bubi kriegt natürlich der Viktor.« Das riß sie aber sehr zusammen! »Was sind das für unnatürliche Gesetze!« schrie sie und war fürchterlich verzweifelt. Eine Mutter muß man eben bei ihrem Bubi packen, wenn man was bei ihr erreichen will.

In diesem Augenblick trat abermals unerwartet der Tomaschek ein. »Was machst denn du da?« fragte er mich mißtrauisch, aber sie ließ mich nicht antworten, sondern stürzte sich weinend auf ihn, umklammerte ihn und jammerte grauenhaft. Immer wieder bat sie ihn unartikuliert um Verzeihung und küßte ihm sogar die Hand. Er sah mich fragend an. »Ich hab ihr nur grad vorgehalten«, sagte ich, »wie sie nur sowas behaupten kann, daß ich was mit ihr gehabt hätt, wo das doch gar nicht wahr ist.«

Also eine solche Wirkung haben meine Worte noch kaum gehabt. Sie taumelte direkt vom Tomaschek zurück und zitterte wie ein verprügeltes Tier. Und dann blickte sie mich an, und das war derart unheimlich gehässig, daß es mir eiskalt hinunterlief. Aber der Tomaschek machte bloß eine wegwerfende Geste. »Sie ist halt blöd, das arme Hascherl!« sagte er.

So rettete ich eine Familie vor dem Verfall.

Der Fliegenfänger

Vor zirka zwei Jahren lernte ich einen tatsächlich merkwürdigen Menschen kennen, und zwar in der Nähe von Füssen im Allgäu. Es ist dies ein uraltes Kulturland, und jener merkwürdige Mensch hatte bereits häufiger mit den Gerichten als Angeklagter zu tun gehabt, und zwar ist dann hernach in der Zeitung immer unter derartigen Überschriften darüber berichtet worden, wie zum Beispiel: »Ein Rohling«, »Ein Unhold«, »Vertierter Bursche« oder dergleichen.

Als ich ihn kennenlernte, war es schon spät am Nachmittag, so Ende September gegen sechs. Es dämmerte draußen auf der Landstraße und drinnen im Wirtshaus saßen sechs betrunkene Herren. Nämlich um neun Uhr früh wurde im nahen Städtchen dem einen Herrn seine Frau begraben – es ist das ein gelungenes Begräbnis gewesen, und der Herr war nun ein Witwer. Und der Bruder dieses Witwers war besagter merkwürdiger Mensch. Auch er hatte bereits sein Quantum Bier in sich und versicherte nun in einer Tour, daß ihm schon rein gar nichts den Appetit verderben könne, und zwar besonders heute nicht.

Man beruhigte ihn und versicherte ihm, daß man es ihm natürlich auf der Stelle glaube, daß ihm nichts den Appetit verderben könne, aber der merkwürdige Mensch tat sehr ungläubig, und plötzlich wurde er rabiat. »Das möcht ich aber doch gerne sehen«, brüllte er, »schon sehr gerne möchte ich das sehen, ob da einer da ist, der es vielleicht gar meint, daß ich mich vor irgend etwas grause! So etwas hat die Technik noch nicht erfunden, meine Herren, vor dem ich mich grausen tat! O du angenagelter Himmelherrgott, wer hat denn jetzt eine Schneid und wettet jetzt mit mir, daß ich den Fliegenfänger dort zusammenfriß?!«

Der Fliegenfänger hing in der Herrgottsecke, knapp vor dem Kruzifix. An dem gelben Zeug klebten zirka hundert Fliegen. Einige bewegten sich noch und verendeten langsam. Andere waren schon seit Tagen tot.

»Also wer hat jetzt hernach eine Schneid und wettet mit mir um zehn Maß Bier?« ließ sich der merkwürdige Mensch abermals vernehmen und fixierte seinen Bruder, den Witwer, suggestiv und hinterlistig. Aber dieser kannte sich schon aus und sah den Herausforderer melancholisch an. »Ich«, meinte er, »ich wette schon mit dir, denn das wirst du heute nicht fertigbringen, daß ich mich heute aufrege, lieber Albert.« – »Es bleibt in der Familie!« rief einer der Herren und leerte sein Glas auf das Wohl der beiden Brüder, während Albert sich daran machte, den Fliegenfänger zu verzehren.

Inzwischen hatte es draußen angefangen zu regnen, kalt und zart. Der erste stille Herbstregen fiel auf das Grab der toten Frau und Schwägerin, an die momentan keiner der Herren dachte. –

Ihr Schwager Albert hatte nun bereits drei Viertel des Fliegenfängers verschlungen, jedoch plötzlich ging es nicht mehr voran, das letzte Endchen wollte partout nicht verschwinden. Es hing aus dem Munde heraus und er wurde rot im Gesicht, dann weiß und dann grau. Er hatte die Wette verloren und die zehn Maß Bier empfahlen sich artig am Horizont.

»Das ist halt die Tücke des Objektes«, konstatierte sein Bruder so von oben herab und bestellte sich einmal Schweinsschlegel mit gemischtem Salat. Auch wir ließen uns das gleiche kommen. Nur der merkwürdige Mensch bestellte sich einen Fisch mit Salzkartoffeln und zerlassener Butter.

[Der Stolz Altenaus]

»Ich will in meiner Heimat begraben sein«, sagte mir der Herr Generaldirektor. »Ich liebe meine Heimat«, fuhr er fort, »meine Mutter ist vor zwanzig Jahren gestorben, ich ließ ihr bereits vor sechs Jahren ein großes Familiengrab errichten. Dort will ich liegen. Die Heimat gibt uns Kraft zum Wirken für das Vaterland. Ich hab auch das Kriegerdenkmal gestiftet.«

So plauderten wir noch weiter. Der Herr Generaldirektor war ein großer starker erfolgreicher angenehmer, moralisch verkommener Mann, der gebildet war. Er habe sich auch mit Kulturgeschichte beschäftigt, so sei, zum Beispiel, er ein Renaissancemensch. Ein Selfmademan.

Ich sollte ihn im Auftrag meiner Zeitung befragen, da wir einen kleinen Artikel zu seinem sechzigsten Geburtstage bringen wollten, weil er die Hälfte des Aktienkapitals unserer Zeitung hatte. Unsere Zeitung war in einem Trust. Wir hatten vor allem Provinzblätter und logen fürchterlich.

Ich kannte des Herrn Generaldirektors Heimat Altenau, denn es wurden mir dort mal zehn Mark gestohlen.

»Ich bleib meiner Heimat treu«, sagte der Generaldirektor und verabschiedete sich. Schwere Sorgen umwölkten seine Stirne, enttäuschender Abschluß von nur fünf Prozent Dividende.

Er sagte, er habe sich selbst emporgearbeitet, das sei eben der gesunde Schlag des Mittelstandes. Jeder kann sich emporarbeiten, schrieben wir in den Zeitungen und wußten, daß es nicht stimmt. Wir logen. Wir sagten, die Regierung verbiete die Arbeit, wenn es die Arbeitszeit regeln wollte.

Der Marktflecken Altenau liegt in Mitteleuropa, unweit der nördlichen Kalkalpen, 840 Meter hoch über fernem Meere. Man ist sich nicht klar darüber, wann er gegründet worden war, es steht nur fest, daß sich ein rachsüchtiger Kaiser des heiligen römischen Reiches deutscher Nation mit einem hinterlistigen päpstlichen Hausprälaten um das Eigentumsrecht an den Wäldern und Wiesen und Häusern, nicht zu vergessen der Einwohner, einige Jahrzehnte lang gestritten haben. Infolgedessen wurden acht Altenauer verbrannt, drei gerädert, sieben sind verkommen im Gefängnis und einmal wurde sogar der halbe Markt eingeäschert. Aber dann kamen ruhigere Zeiten und der Dreißigjährige Krieg war nur ein Kinderspiel, aber der Westfälische Frieden das war schon sehr schlimm. Da wurden nämlich in Altenau vier Ketzer verbrannt, weil sie Protestanten wurden, weil der Pfarrer ihren Frauen nachstellte. Die Frauen blieben katholisch und die Männer wurden gefesselt in den Teich geworfen und Gott wurde gefragt, ob er ihre Fesseln lösen wollte, aber Gott sagte: Nein, fällt mir nicht ein!

Noch heute lebt in Altenau eine alteingesessene Familie, die ihr Geschlecht auf einen der vier Ketzer zurückführt. Sie sind aber katholisch, der eine ist sogar ein Pfarrer und protestiert gegen die Verschmutzung der Öffentlichkeit durch das Anschauen nackter jugendlicher Personen im Alter von drei Jahren. Er ist ein großer Nationalist, Monarchist und verleumdete schon des öfteren die Linke. Er hält fest an der Tradition.

Der Stolz Altenaus ist der Herr Generaldirektor. Die Einwohner sind kleine Handwerker und große Bauern. Der Sohn Altenaus, der Generaldirektor, wurde in einem kleinen einstöckigen Hause geboren.

Sein Vater war Schuhmachermeister und als er geboren wurde, hatte er gerade Prozeß, er war nämlich sehr feig, gewalttätig. Er hatte seinem Lehrling immer die Finger zusammengebunden und dann drauf geschlagen, die Folge war, daß sich der Lehrling den Finger gebrochen hatte und dann später mit steifem Finger für das Vaterland fiel.

Die Mutter war eine boshafte, religiöse, romantische Frau, die Tochter des Metzgermeisters Sauer. Sie war häßlicher als ihre Schwester und infolgedessen zurückgedrängt. Alles was sie in sich hatte, trieb sie in den Jungen, die ganze Energie explodierte in dem Jungen. Beim Spiel mußte er immer siegen, sonst weinte er oder verprügelte den anderen rücksichtslos. Er war ein sympathischer Junge.

Vom kleinen Beamten

Es war einmal ein möbliertes Zimmer. Das war nicht groß, das war nicht klein, das war auch nicht gerade schön – – – ja: eigentlich war es häßlich; aber es war billig; doch fast immer noch zu teuer für den kleinen Beamten.

Denn die monatliche Miete forderte ein Drittel seines Gehalts, das er jeden Ersten seiner Wirtin, der Witwe eines anderen kleinen Beamten, auf den Tisch zählte. Und er zählte sehr genau und ebenso genau zählte es wieder die gute Frau. Dann zählten es beide noch genauer so ungefähr zehn–zwanzigmal, obwohl es noch niemals geschah, daß auch nur ein lumpiger Pfennig gefehlt hätte; denn der kleine Beamte war von Grund auf ein genauer Mann, jedoch die Witwe ward noch genauer, da sie sparen mußte, mehr noch, wie er: denn dies Geld war nur die Hälfte ihres Einkommens; die andere Hälfte bestritt ihre Pension und die war gerade um zwei Drittel geringer, wie der ehemalige Gehalt ihres verstorbenen Mannes. Aber sie rauchte ja keine Pfeife und schnupfte auch nicht und trank nie Bier, nur Wasser: das war ihr Trost. Wenn auch nur ein schwacher. Aber irgendeinen Trost muß man doch haben! – Dies spürte auch der kleine Beamte und da er keinen hatte, so suchte er einen und saß nun alle Abend in der Küche bei ihr am selben Tisch.

Sie stopfte seine Strümpfe und er sah zu. Und sprach nur selten, denn sie sprach fast immer: von der Milch und dem Wetter, der Regierung und dem Herd und ihrem seligen Manne. Der war ein braver Mann, es war eine glückliche Ehe, aber sie würde trotzdem nie mehr heiraten, nie mehr – – –

Und der kleine Beamte dachte: »Jaja, es ist schon so – –« – – obwohl er eigentlich anderer Meinung war.

Mein Onkel Pepi

Ich hab es Jahre lang nicht in der Hand gehabt, nämlich Onkel Pepis Photographiealbum. Aber neulich nahm ich es mal wieder in die Hand, draußen regnete es sehr stark, ich hatte gerade nichts zu tun und war trotzdem so müde, daß ich mir wieder ganz klein vorgekommen bin.

Onkel Pepis Album ist purpurrot gebunden mit einer silbernen Spange à la Jugend. Genau mittendrin, zwischen dem Kinderbildnis der verarmten Tante Mariann und der letzten Aufnahme Großpapas, befinden sich zwei Seiten, die der Onkel Pepi sich selbst gewidmet hatte. Sie sind seines Albums Herz, in jedem Sinne des Wortes.

Links sieht man den Onkel Pepi als feschen altösterreichischen Leutnant um die Jahrhundertwende, wohnhaft im achten Bezirk, Piaristengasse, mezzanin. Herrlich ist seine Wespentaille, korrekt seine Haltung, überhaupt: »wie aus an Schachterl« – – aufregend für die Damenwelt, von der grande Zozott bis zum süßen Mädl aus Purkersdorf. Kein Wunder also, daß dies Bild von vier Photographien vierer pikanter Damen umgeben ist – – und auf der Seite nebenan kleben auch vier um eine fünfte, größere auserwähltere, eine Blondine mit traurigen Augen – – und wenn man das Album zuklappt, so liegen diese Auserwählte und der fesche Leutnant aufeinander. Das hat er sich direkt so ausgerechnet, der Onkel Pepi.

Und neben jeder dieser neun »Kisstihandknädigste« ist je ein Bildchen eingeklebt, eine Stadtansicht – – die jeweilige Garnison. Przemysl, Budapest, Lemberg, Agram, Wien und Újvidék – – und jede Frau vertritt eine Nation der ehemaligen Doppelmonarchie, als da sind: Polen, Ungarn, Rumänen, Böhmen, Kroaten, Italiener oder Wiener – – der Onkel Pepi ist nämlich noch niemals nationalistisch gewesen, sondern immer äußerst objektiv. Er schätzte an jeder ihre besondere nationale Note.

Und wie sah Onkel Pepis Damenflor aus? Heiliges fin de siècle von Österreich-Ungarn! Dieser Damenflor sah so aus, jede einzelne:

Mein Mann ist der Graf von Monbijou

Sie können mir alle nichts beweisen

Nur in der Phantasie war ich mit ihm auf »Du« –

So sahen sie aus.

Der Onkel Pepi sieht mich an, stolz, elegant und liebenswürdig. Auch lächeln tut er, der Onkel Pepi. Ein ganz klein wenig. Er lächelt über seinen eigenen Stolz und ist stolz auf sein Lächeln über seinen Stolz. Er ist ein echter Altösterreicher und konstatiert mit wehmütiger Ironie, daß er in der feschen Uniform eines verfaulten Reiches steckt. –

Als ich mich das letztemal vom Onkel Pepi verabschiedete, sagte er: »Also, wenn du mal recht blöd bist, so denk an mich!«

[Das Cafe, in dem Michael Babuschke saß]

Das Cafe, in dem Michael Babuschke saß, lag in dem Eckhaus Steinstraße und Lindenstraße. Erstere war eine rege Geschäftsstraße, zweite eine kurze Sackgasse, die an einem hohen Bretterzaun mit Drahtverhau jäh mündete. Hinter diesem Bretterzaun breitete sich, mitten in der Stadt, ein großer Privatpark aus, mit vornehmen Statuetten, der ursprünglich von einem Fürsten erbaut worden war, jetzt aber einem Bankier gehörte, namens S. I. Goldmann. Ein Mann, der sich nach einer aufreibenden, hastenden Börsentätigkeit einem geruhigen Lebenswandel annahm. Er bewohnte das Barockschlößchen, unterstützte die Wissenschaft. Ehrendoktor verschiedener Fakultäten, verstand er zwar nichts davon, aber er baute der Universität ein Untersuchungsinstitut.

Die Steinstraße hatte 57 Häuser und rund 800 Wohnungen, in denen etwa 4000 Menschen wohnten. In den letzten zwei Jahren waren 27 geboren worden und 45 gestorben. Drei davon auf gewaltsame Art. Ein Dienstmädchen hatte ihr neugeborenes Kind erwürgt und in einer Pappschachtel über den Bretterzaun in den Park geworfen, ein junger Mann wurde von der Straßenbahn erfaßt und geschleift und eine alte Frau wurde von einem Auto, dessen Chauffeur betrunken war, überfahren. Der junge Mann war eben aus dem großen Kino gekommen, und wollte rasch über die Straße, weil er dort ein hübsches Mädchen erblickte. Die alte Frau, eine Witwe, wollte eine Freundin besuchen, ein altes Fräulein, das sich vom Sprachenlernen ernährte, die aber bessere Tage gesehen hat. Von ihrem Fenster aus konnte sie auf den Park sehen.

Vor zwanzig Jahren noch, war diese Gegend eine vornehme, die Leute fuhren mit Pferdedroschken hinaus, und es gab kaum ein Geschäft. Aber die Vornehmen sind alle fort, haben sich weiter draußen hingesetzt, und diese Straße wurde eine rege Geschäftsstraße, die Etappe der vornehmen Villenviertel. Heute fuhr die Trambahn durch mit entsetzlichem Gekrache und Getöse. Es waren fünf Linien, die nach auswärts führten.

Als Michael das Café betrat, war es zwei Uhr. Er setzte sich nicht sogleich, denn er suchte einen Eckplatz, denn er war gern »geschützt«. Er las die Zeitung. Er las verschiedene Zeitungs- und

Kunstzeitschriften. Er blätterte scheinbar uninteressiert – aber die nackten Weiber hatten es ihm angetan. Besonders die eine. Aber die Liebe war nichts für ihn. Er haßte die Liebe. Die Weiber interessierten ihn nicht. Einmal hatte er sich für eine interessiert, aber da bekam er einen Tripper. Er hätte sie sich am liebsten kaufen mögen und bekam einen Haß auf jede, warum sie sich so lange ziert. Auf der Untergrundbahn, überall, wo er ihnen unter die Röcke sehen konnte – im Cafe, er hätte ihnen am liebsten ein Glas an den geschminkten Schädel geschmissen.

Drei Tische von ihm entfernt saß eine Frau. Er beobachtete sie. Sie zündete sich eine Zigarette an – sah ihn groß an, doch als sie merkte, daß er keinen einwandfreien Schlips trug, sah sie weg. »Du Dreck«, dachte Michael.

»Freilich! Man müßte gekleidet sein, wie ein Geck – – dann ja sofort – einen grellen Anzug, grelle Krawatte, alles so gut sitzend, lässige Bewegungen, blasiertes Gesicht, geschniegelt, usw.«

Joachim betrat das Cafe. Er war geschniegelt und auffallend gekleidet. Und stank nach Parfüm.

Emil

Er war Stammgast in jenem Café, in das ich mich eines Abends verirrt hatte und das ich dann nie wieder betrat, denn es stank nach Literatur und saurem Schweiß. Seinen Namen habe ich vergessen, aber ihn selbst würde ich sofort wiedererkennen, obwohl nun schon einige Jahre seit eben jenem Abend, an dem wir uns getroffen hatten, vergangen sind.

Damals sprachen wir über Kunstprobleme, das heißt: er öffnete alle Schleusen seiner Dialektik und ich hörte zu. Er sprach über Lyrik, obwohl er doch merken mußte, daß ich nichts davon verstand, und schielte dabei fortgesetzt auf mein Käsebutterbrot, daß mir der Brocken im Rachen stecken blieb. War dies Schielen eine Bosheit für die man noch Verständnis haben konnte, eine Bosheit aus Verärgerung: sich trotz seiner geistigen Überlegenheit kein Käsebutterbrot leisten zu können – so war das Gerede über Lyrik eine glatte Gemeinheit. Denn dadurch, daß ich ihn nicht verstand, setzte er mir ja ständig auseinander, in vorwurfsvollem Tone, daß er mehr sei, als jemand, der sich ein Käsebutterbrot leisten könne, obwohl er selbst sich keines leisten konnte. Eine Gemeinheit diese Selbstbeweihräucherung, indem man einem Menschen den Appetit verdirbt, nur weil er nichts von Lyrik versteht, und man selbst kein Käsebutterbrot fressen kann!

Doch heute will ich nicht schimpfen, heute nicht! Man soll nichts Böses über Tote sagen. Soeben erhielt ich nämlich die Nachricht, daß er gestorben sei.

Ich habe seinen Namen vergessen – aber nun will ich seiner gedenken, und so werde ich ihm der Deutlichkeit und Bequemlichkeit halber einen Namen geben, einen Namen, den meines Ermessens dieser traurige Kunde hätte tragen müssen, wenn er ihn nicht getragen hatte, nämlich den Namen Emil.

Es gibt viele Emils. Und jene unter ihnen, die meiner Menschenkenntnis trauen, sollen sich damit trösten, daß ihr Name nur tückischer Zufall ist, daß sie von rechtswegen Alexander, Hermann der Cheruskerfürst, Sardanapal oder Moritz heißen müßten.

Mein Emil war von knabenhaftem Wuchse und wenn man den Kopf nicht berücksichtigte schien er ein altgriechischer Jüngling in den Flegeljahren zu sein, aber mit Kopf war er eine Kaulquappe. Ohne ein Wasserkopf zu sein, war er doch viel zu schwer.

Ansonsten hatte Emil Sommersprossen, Pickel auf Stirn, Nase und Kinn, finstere Fingernägel, altmodische Halbschuhe und eine einzige Krawatte. Diese Krawatte war so unwahrscheinlich dünn, so ausgedörrt und abgemagert, als irrte sie ständig durch Wüsten ohne Wasser und hätte bereits als Säugling gefastet. Und zerfranst war sie und schlecht gebunden auch. Eine richtig traurige Krawatte, verschlampt und verkommen, einsam und sentimental.

Sie hätte Emils schwache Schwester sein können, gewisse unableugbare Familienähnlichkeiten waren vorhanden, nur daß Emil nicht zur Zierde geboren worden war, sondern zu Höherem ausersehen sich dünkte. Kraft hierzu fühlte er in sich. Eine Kraft, die ihn aufhorchen ließ.

Sonst horchte niemand. Keiner, außer er selbst, sah den Unterschied zwischen Krawatte und Emil. Ja, man verwechselte sogar die beiden miteinander, und dies nicht nur aus Unfähigkeit zu formulieren. Und die Frauen, die sahen überhaupt nur die Krawatte.

Kein Wunder also, wenn das Kapitel »Emil und das Weib« zerfahren, zergrübelt, gestammelt, asketisch und arrogant, schwülstig und verzweifelt wirkt. Denn zu guter Letzt war doch der arme Teufel Emil genau wie all die anderen seiner Art: wenn der Nachbar fehlte, der das Käsebutterbrot verzehrte, so konnte er also auch keine Gespräche über Lyrik führen. Dann stierte er in die Ferne, seinem Horizont entlang, und zumeist blieb sein Auge an dem ihm räumlich zunächst befindlichen weiblichen Wesen kleben. Denn kurzsichtig war er auch.

Aber sie sah nur die Krawatte. Gestern, heute, morgen. Und entschwebte dem Café, wie ein sogenannter Traum. Armer Emil! Jetzt, wo du unter dem Rasen verwest und die Krawatte im Mülleimer liegt, jetzt wird man euch unterscheiden können, und jetzt werden die Frauen nur dich sehen. Und werden sagen: Emil war ein großer Mann. Schon aus Pietät.

Vielleicht, nur weil du solch eine fadenscheinige Krawatte trugst. Wahrscheinlich sogar.

Nachruf

In der Nacht vom Sonntag zum Montag verschied Herr Alfred Kastner aus der Schellingstraße nach kurzem schweren Leiden.

Ich genüge lediglich einer primitiven menschlichen Pflicht, wenn ich mit diesen Zeilen Alfred Kastners gedenke, weil ich ihm viel zu verdanken habe. Er war mir Freund und Führer.

Er war eine elegante Erscheinung und ein moralisch scheinbar verkommenes Subjekt. Bereits achtzehnjährig führte er einen erbitterten Kampf gegen den Paragraphen 181a (Zuhälter). Man sah es ihm gar nicht an, wenn man nicht psychologisch und physiologisch geschult war. So hielt ihn mal eine Syndikusgattin für einen Assessor, und da diese Syndikusgattin sehr leidenschaftlich war, spielte er den Assessor, und wenn er nicht gedroht hätte, daß er ihre Leidenschaft dem Herrn Syndikus mitteilt, hätte sie ihn sogar angezeigt, als sie entdeckte, daß er ihr anläßlich einer Soiree einen Brillanten aus dem Ohrring gebissen hatte.

Als ich Alfred kennenlernte, ging es mir gerade sehr schlecht. Ich hatte mir nämlich eingebildet, daß ich schriftstellerisch was leisten könnte, aber ich hatte keine Beziehungen zu den schönen Künsten. Das war eine arge Zeit, und ich erinnere mich wirklich nicht gerne daran. Damals sagte mir Alfred: »Ich glaub, die Kunst hört allmählich auf. Man muß sich ja nur mal vorstellen, was die Menschheit heut für Interessen hat, heut lebt doch jeder nach seinem Instinkt. Wenn ich du wär, würd ich in eine Druckerei einheiraten und lauter Gebetbücher drucken noch und noch, und die würd ich jenem christlichen chinesischen General offerieren, der übrigens ein ungarischer Jud sein soll.« Und zwei Wochen später meinte er: »Du mußt natürlich etwas tun. Weißt du, was ich nicht versteh? Daß du dich nicht aushalten läßt! Ich hätt für dich eine adlige Pensionsinhaberin.«

Ich erwiderte aber Alfred auf das bestimmteste, daß ich mich unter keinen Umständen aushalten lasse, denn das würde mir meine Ehre verbieten. »Wenn schon!« sagte er und fügte hinzu: »Nebbich!« Und dann fuhr er fort, ob ich mir etwa einbilde, eine besondere Ehre zu besitzen? »Nein«, sagte ich, »ich hab eine normale Ehre.« »Na also!« meinte er.

Aber ich blieb fest und ließ mich nicht aushalten, weil man so was nicht machen soll. Man könnt sich ja selbst nimmermehr ins Antlitz schauen oder gar vor sich selbst hintreten!

In dieser Zeit nahm eine freisinnige Zeitung eine Marienlegende von mir an, betitelt: »Maria geht durch den Hochwald«. Und der Feuilletonredakteur schrieb mir, ich soll noch zwei längere und drei kürzere Marienlegenden für »unter dem Strich« schreiben, nämlich meine religiöse Inbrunst ist jenem direkt aufgefallen.

Aber davon könnt ich nur sehr kärglich leben, und als ich mir eine Goldkrone machen lassen mußte, bat ich Alfred, er sollte mir fünf Mark leihen, denn wenn ich keine Zahnschmerzen mehr hätte, könnte ich leicht auch zwanzig Marienlegenden schreiben und außerdem hätte ich auch Aussicht, Reklameartikel für eine andere Firma verfassen zu können. Aber Alfred gab mir nichts. »Es hat keinen Zweck, dich zu unterstützen«, sagte er. »Für mich bist du ein Idealist, du Idiot!«

Er könnt es mir niemals verzeihen, daß ich mich nicht aushalten ließ.

Er ruhe in Frieden!

Wer den Pfennig nicht ehrt,
ist des Talers nicht wert

An der Ecke drüben standen zwei volle Jahre über drei Nutten. Die eine hieß Annie und hatte sehr schlechte Zähne, die zweite war eine gewisse Frau Müller aus der Rosengasse und die dritte hieß Frieda und das war die schönste. Sie hatte einen direkt stolzen Gang und einen harmonischen Hintern – sie hatte etwas Königliches an sich und dies konnte sie sich ruhig leisten, denn sie hatte ein Fluidum. Sie war die anspruchsvollste unter den dreien; sie schwärmte für Kino und führte überhaupt ein selbständiges Leben, ohne Freund. Sie brauchte keinen Menschen. Es mußte einer schon ganz pleite sein, um ihr widerstehen zu können. Sie wußte das auch und tat darnach.

Einmal fragte sie die kleine Erna, warum sie keinen Freund habe, und das fiele doch schon regelrecht auf, und dabei lächelte die kleine Erna gewollt unschuldig. Aber die Frieda sagte ihr, wenn sie sich auf jemanden konzentrieren täte, käme sie nie zu sich selbst. So muß sie ja nur mal einen kleinen Spaziergang machen oder sich mal zuhause still auf das Sofa setzen und schon ist sie bei sich. Sie bemitleidet sich dann selbst, lächelt sich selbst an, sagt sich selbst »Guten Tag, guten Morgen und gute Nacht« usw. So ungefähr hatte sie das der kleinen Erna erklärt.

Die Frieda hatte immer Glück mit ihren Kavalieren, das heißt natürlich nur in geldlicher Beziehung. Sie hatte wie gesagt ein Fluidum und sie machte aus ihrem Fluidum ein Geschäft. Aber einmal kam sie an den unrichtigen, der hatte sie dann entsetzlich verhaut und sie mußte sich direkt legen, bekam eine Narbe und mit der Zeit dann hörte auch das Fluidum auf. Sie versuchte zwar die Narbe zu überschminken, aber das sah dann noch gräßlicher aus, die Leut meinten, weiß Gott was. Sie war eben gezeichnet. Die Geschichte geht so weiter: Es kam mal ein Reisender, ein gewisser Neuhuber. Der Neuhuber war ein Familienvater, ein tüchtiger Verkäufer, aber leider in sexueller Hinsicht ziemlich hemmungslos. Auch konnte er sich in dieser Beziehung nicht beherrschen und hatte eine Schwäche für jede Prostituierte. »Ich lieb halt diese Atmosphär«, pflegte er sich zu entschuldigen.

So kam es, daß er fast in jeder Stadt mit einer Prostituierten verschwand, hernach aber sich damisch ärgerte, wieviel Geld daß er wieder ausgegeben hat, sich irgendwo hinsetzte, an seine Frau eine liebe Karte schrieb und die Kinder grüßen ließ und sich besoff.

Eines Tages nun traf er Frieda und schon war es um ihn geschehen. Droben auf ihrem Zimmer bekam er aber plötzlich Gewissensbisse, es fiel ihm ein, daß seine Frau ihm geschrieben hätte, daß sie dringend zum Zahnarzt muß, sie hat so Schmerzen und der Zahnarzt verlangt eine Vorauszahlung von zwanzig Mark. Er besaß nur mehr zehn Mark und die sollte er nun hier los werden? Nein, nie. Er bot der Frieda drei Mark – die Frieda stand vor ihm, sah ihn langsam an mit einem ungeheuer vernichtenden verachtenden Blick und sagte: »Gehen Sie.«

Er ging aber nicht, sondern bekam plötzlich eine heillose Wut über seine Frau. »Warum tun der auch grad jetzt die Hauer weh!« dachte er wütend und schrie die Frieda an: »Weißt du, wie lang ich arbeiten muß, um drei Mark zu verdienen?! Ich verdien mein Geld auf ehrliche Weise! Drei Mark ist viel Geld, du Schlampen!«

»Drei Mark ist Mist«, sagte sie. »Um drei Mark tu ich das nicht.«

Der Neuhuber suchte sie zu überreden: »Auch vor drei Mark müsse man eine Achtung haben.«

»Verlassen Sie augenblicklich mein Zimmer, Herr«, sagte die Frieda auf hochdeutsch und sah ihn maßlos gehässig an. Da konnte er sich nicht mehr halten und gab ihr mit seinem Schlüsselbund einen Schlag ins Gesicht. Die Frieda fing furchtbar an zu schreien, aber er entkam.

Das Märchen in unserer Zeit

In unserer Zeit lebte mal ein kleines Mädchen, das zog aus, um das Märchen zu suchen. Denn es hörte überall, daß das Märchen verloren gegangen sei. Ja, einzelne sagten sogar, das Märchen wäre schon längst tot. Wahrscheinlich liege es irgendwo verscharrt, vielleicht in irgendeinem Massengrab.

Aber das kleine Mädchen ließ sich nicht beirren. Sie konnte es nicht glauben, daß es kein Märchen mehr gibt. Sie ging also in den Wald und fragte die Bäume, aber die Bäume murrten nur. Die Elfen der Wiesen sind längst fortgezogen, die Zwerge aus den Höhlen, die Hexe aus der Schlucht.

Und sie fragte die Vögel, aber die sagten: »Die Menschen fliegen schneller, wie wir, höher wie wir – kiwitt, kiwitt, es gibt kein Märchen mehr!«

Und die Rehe sagten, lächerlich, und die Hasen lachten, und der Hirsch gab überhaupt keine Antwort. Es war ihm einfach zu dumm.

Und die Kühe sagten, es wäre ihnen zu blöd, und sagten, man dürfe sowas vor den Kälbern gar nicht sagen. Sie sollten so dumme, zwecklose Fragen gar nicht hören, sie sollten darauf vorbereitet werden, daß sie geschlachtet würden, kastriert oder Milchspender würden. Ja, selbst wenn einer als Stier durchkomme, so sei das auch kein Märchen. Man müsse die Kälber aufklären.

Auf der Straße stand ein altes Pferd, das sollte zum Schlachter geführt werden. Es hatte ausgedient. Der Metzger saß im Wirtshaus und trank.

»Es wirds auch nicht wissen«, dachte das Mädchen, »aber ich will es fragen, denn es ist ein altes Pferd und weiß sicher viel.« Und sie fragte das Pferd.

Das Pferd sah das Mädchen an, verzog etwas seine Nüstern und stampfte dann mit den Hufen. »Du suchst das Märchen?« fragte es.

»Ja.«

»Dann verstehe ich es nicht«, sagte das Pferd, »warum du es noch suchst? Denn das allein ist doch schon ein Märchen!«

Und es blinzelte das Mädchen an.

»Hm. Mir scheint gar, du bist es selber, das Märchen. Du suchst dich selber. Jaja, je näher ich dich betrachte, desto mehr merke ich es: du bist das Märchen. Komm, erzähl mir was!«

Das kleine Mädchen geriet in große Verlegenheit. Aber dann fing es an zu erzählen. Es erzählte von einem jungen Pferde, das so schön war und alle Preise beim Rennen gewann. Und von einem Pferde auf dem Grabe seines Herrn. Und von wilden Pferden, die frei leben.

Und da weinte das alte Pferd und sagte: »Hab Dank! Jaja, du bist das Märchen, ich wußte es ja schon!«

Der Metzger kam und es wurde geschlachtet.

Am Sonntag gab es bei den Eltern Pferdefleisch, denn sie waren sehr arm.

Aber das kleine Mädchen rührte nichts an. Es dachte an das alte Pferd, wie es weinte.

»Sie ißt kein Pferdefleisch«, sagte die Mutter, »dann iß gar nichts.«

»Sie ist eine Prinzessin«, sagten die Geschwister.

Und das kleine Mädchen aß gar nichts.

Aber es blieb nicht hungrig.

Es dachte an das alte Pferd und wie es weinte, und wurde satt.

Ja, es war ein Märchen!

Der Gedanke

Ein Märchen

Gestern begegnete ich einem Gedanken.

Ich war gerade spazieren und wollte wieder zurück, weil ich anfing, hungrig zu werden und außerdem dachte ich, jetzt wirds bald regnen, denn der Himmel hatte sich bezogen.

Da traf ich, wie gesagt, einen Gedanken. Ich weiß noch genau die Stelle, wo es war. Dort, wo der Wald aufhört, beginnt aufzuhören.

Ich bemerkte den Gedanken nicht sogleich, erst als er an mir vorbeiging und mich ansah – – da hielt ich unwillkürlich, ich hatte so etwas schönes noch nie gesehen!

Ich könnt mich zuerst gar nicht rühren vor Überraschung. Und dann war der Gedanke an mir vorbei. Ich lief ihm nach und fand ihn nirgends – er war weg.

Zu dumm!

Ich ärgerte mich, wie kann man nur so blöd sein und so einen schönen Gedanken vergessen!

Und ich strengte mich an, daß er mir einfallen möge wieder, aber er blieb aus. Er kam nicht wieder. Ich lief ihm nach an vielen platten Gedanken vorbei, hübschen und nicht hübschen, häßlichen, es kamen mir inzwischen auch neue Gedanken, ich traf auch neue, fremde wurden mir vorgestellt. Aber der Gedanke, den ich suchte, blieb mir fern. Und ich wußte, ich brauche ihn, auf diesen Gedanken habe ich immer schon gewartet.

Aber es sollte nicht sein!

Ich gab die Hoffnung schon auf und unterhielt mich mit anderen Gedanken. Gedanken, die aus dem Schnaps kommen, aus Wein und Bier, aus einem guten Braten, aus einer hohen Kirche, vom Makt – kurz allerhand Kraut und Rüben.

Aber ganz heimlich in mir blieb die Sehnsucht wach nach dem einen großen Gedanken – –

Ob ich ihn jemals wiedersehen werde?

Manchmal dachte ich schon, ich hätte ihn wieder, aber das war alles Täuschung. Vielleicht war eine gewisse Ähnlichkeit vorhanden, aber er war es nicht.

Und ich wurde immer trauriger über den schönen Gedanken.

Ich wußte, wenn ich ihn wiederhabe, dann darf mich die ganze Welt gern haben.

Dann pfeif ich auf alles.

Und dann kam ein Gedanke, es war ein sehr gescheiter belesener Gedanke, der sagte: Hör mal, ich glaub, das war gar kein Gedanke, mir scheint, das war eher ein Gefühl –

Ein Gefühl? Daß ich nicht lache!

Lacht nicht! Man kann das oft nicht so genau unterscheiden – – es gibt Grenzen, man meint man hat ein Gefühl und derweil denkt man nur, und einen Gedanken und derweil ist das alles nur Gefühl!

Ich verbitte mir das! Ich werde wohl noch einen Gedanken von einem Gefühl unterscheiden können!

Abwarten! Was bin zum Beispiel ich?

Es gibt keinen ganz reinen Gedanken, immer ist auch irgendwo versteckt ein paar Prozent Gefühl und umgekehrt! Aber den Gedanken, den ich traf und vergessen habe, das war der reinste Gedanke! Und drum sehn ich mich auch so mit ganzem Herzen nach ihm.

Er starb. Und als der Engel des Todes kam sagte er: Ach, du bist ja mein Gedanke – –

Ja, sagte er, ich bin mal an dir vorbei und hab mir gedacht, soll dich jetzt der Schlag treffen oder nicht? Dann hab ichs mir überlegt. Ich bin weder ein Gedanke, noch ein Gefühl, ich bin der Friede! Friede auf Erden den Menschen, die unter der Erde liegen! Komm, ich bin das Nichts. Drum hast du mich auch vergessen. Denn ein Nichts kann man nicht behalten.

Neue Wellen

Während ich schreibe, höre ich draußen das Meer.

Denn mein Haus steht am Ufer.

Und das Meer will über das Ufer, es brandet und braust und der Sturm springt über das Dach, als war die Welt ein Märchen.

Es ist zwar nicht mein Dach, unter dem ich da sitze und schreibe, es gehört einem alten Fischer und ich hab nur ein Zimmer gemietet, aber man sagt halt so, daß einem das Haus gehört, wenn man drinnen wohnt. Mir gehört eigentlich nichts. Nur der Koffer und eine alte Schreibmaschine – und ohne diese könnt ich kaum leben, denn die gehört zu meinem Beruf.

Ich bin nämlich Schriftsteller, aber trotzdem gehts mir nicht schlecht – ich meine: in materieller Hinsicht. Ja, ich bin sogar in einer ausgesprochen glücklichen Lage, denn einer der angesehensten Verleger hat einen Vertrag mit mir geschlossen. Jetzt hab ich endlich Gelegenheit, richtig arbeiten zu können, da ich der brennenden Sorge um das tägliche Brot enthoben bin. Ich hab mein Bettchen und mein Süppchen. Vorerst zwar nur für ein halbes Jahr, aber heut will ich nicht weiterdenken. Ich lasse die Zukunft verschleiert und konzentriere mich mit Haut und Haar auf meine Arbeit. Ich habe die Stadt verlassen, hier in der Einsamkeit wird mir schon was einfallen. Hier bin ich mit mir allein und es stört mich nur mein eigener Schatten. Ich schreibe ein Theaterstück.

Ob es ein Trauerspiel werden wird oder ein Lustspiel – ich weiß es noch nicht. Ich hab einen guten Einfall, eine alltägliche Liebesgeschichte in höchstens vier Akten. Aber ich seh noch keinen richtigen Schluß. Soll die Frau sich vergiften oder nicht?

Und was mach ich mit dem Mann? Vielleicht wärs doch besser, wenn sie am Leben bliebe, obwohl ich ein Realist bin.

Viele Pläne gehen durch meinen Kopf und das leere Papier ist so schrecklich weiß. Aber hier in der Einsamkeit wird sich schon alles herauskristallisieren.

Ich liebe das Meer.

Es kommt mit neuen und neuen Wellen, immer wieder, immer wieder – und ich weiß es noch nicht, ob es ein Lustspiel wird oder ein Trauerspiel.

Gestern war der Sturm noch stärker. In der Nacht sind die Netze zerrissen und ein Kahn kam nicht mehr zurück. Vielleicht taucht er auf über das Jahr mit schwarzen Segeln und fährt als Gespenst über die Wasser ohne eine Seele –

Ich weiß es noch nicht.

 tredition®

Über tredition

Eigenes Buch veröffentlichen

tredition wurde 2006 in Hamburg gegründet und hat seither mehrere tausend Buchtitel veröffentlicht. Autoren veröffentlichen in wenigen leichten Schritten gedruckte Bücher, e-Books und audio-Books. tredition hat das Ziel, die beste und fairste Veröffentlichungsmöglichkeit für Autoren zu bieten.

tredition wurde mit der Erkenntnis gegründet, dass nur etwa jedes 200. bei Verlagen eingereichte Manuskript veröffentlicht wird. Dabei hat jedes Buch seinen Markt, also seine Leser. tredition sorgt dafür, dass für jedes Buch die Leserschaft auch erreicht wird.

Im einzigartigen Literatur-Netzwerk von tredition bieten zahlreiche Literatur-Partner (das sind Lektoren, Übersetzer, Hörbuchsprecher und Illustratoren) ihre Dienstleistung an, um Manuskripte zu verbessern oder die Vielfalt zu erhöhen. Autoren vereinbaren direkt mit den Literatur-Partnern die Konditionen ihrer Zusammenarbeit und partizipieren gemeinsam am Erfolg des Buches.

Das gesamte Verlagsprogramm von tredition ist bei allen stationären Buchhandlungen und Online-Buchhändlern wie z. B. Amazon erhältlich. e-Books stehen bei den führenden Online-Portalen (z. B. iBookstore von Apple oder Kindle von Amazon) zum Verkauf.

Einfach leicht ein Buch veröffentlichen: **www.tredition.de**

Eigene Buchreihe oder eigenen Verlag gründen

Seit 2009 bietet tredition sein Verlagskonzept auch als sogenanntes "White-Label" an. Das bedeutet, dass andere Unternehmen, Institutionen und Personen risikofrei und unkompliziert selbst zum Herausgeber von Büchern und Buchreihen unter eigener Marke werden können. tredition übernimmt dabei das komplette Herstellungs- und Distributionsrisiko.

Zahlreiche Zeitschriften-, Zeitungs- und Buchverlage, Universitäten, Forschungseinrichtungen u.v.m. nutzen diese Dienstleistung von tredition, um unter eigener Marke ohne Risiko Bücher zu verlegen.

Alle Informationen im Internet: **www.tredition.de/fuer-verlage**

tredition wurde mit mehreren Innovationspreisen ausgezeichnet, u. a. mit dem Webfuture Award und dem Innovationspreis der Buch Digitale.

tredition ist Mitglied im Börsenverein des Deutschen Buchhandels.

Dieses Werk elektronisch lesen

Dieses Werk ist Teil der Gutenberg-DE Edition DVD. Diese enthält das komplette Archiv des Projekt Gutenberg-DE. Die DVD ist im Internet erhältlich auf **http://gutenbergshop.abc.de**

Zeitfracht Medien GmbH
Ferdinand-Jühlke-Straße 7
99095 Erfurt, Deutschland
produktsicherheit@kolibri360.de